दो नाक वाले लोग

दो नाक वाले लोग

हरिशंकर परसाई

वाणी
प्रकाशन

प्रकाशन के उत्कृष्टतम 61 वर्ष

vaniprakashan.com

पेपरबैक पहला संस्करण : 1996
पेपरबैक दूसरा संस्करण : 2006
पेपरबैक तीसरा संस्करण : 2014
पेपरबैक चौथा संस्करण : 2018
पेपरबैक पाँचवाँ संस्करण : 2019
पेपरबैक छठा संस्करण : 2024

वाणी प्रकाशन

4695, 21-ए, दरियागंज, नयी दिल्ली-110 002

फ़ोन : + 91 11 23273167, 23275710

शाखाएँ

अशोक राजपथ, पटना-800 004, बिहार

कॉफ़ी हाउस कैम्पस, महात्मा गांधी मार्ग, प्रयागराज-211 001, उत्तर प्रदेश

महात्मा गांधी अन्तरराष्ट्रीय हिन्दी विश्वविद्यालय, वर्धा-442 001, महाराष्ट्र

sales@vaniprakashan.in
vaniprakashan@gmail.com

Do Naak Wale Log
by Harishankar Parsai

ISBN : 978-81-8143-283-4
Collection of Stories

मूल्य : ₹ 195

आर. टेक ऑफ़सेट प्रिंटर्स, दिल्ली-110032 में मुद्रित

वाणी प्रकाशन का लोगो मक़बूल फ़िदा हुसेन की कूची से

दो शब्द

हरिशंकर परसाई और मैं इसी जबलपुर के निवासी हैं।

जब मैं 'शुभचिन्तक' साप्ताहिक का सम्पादन करता था, तब मैंने परसाई जी की आरम्भिक रचनाएँ प्रकाशित की थीं।

इसके बाद मेरे-उनके सम्बन्ध बड़े और छोटे भाई के हो गये। मैं बीमार पड़ता तो परसाई रात-दिन मेरी सेवा अस्पताल में करते। और जब परसाई को, जिन पर दो विधवा बहनों और बच्चों की जिम्मेदारी रही, कोई कष्ट होता, तो वे मुझसे कहते और वह कठिनाई मैं तुरन्त ठीक कर देता। इस तरह के आत्मीय सम्बन्ध विकसित होते रहे।

मैं मूल रूप से साहित्य-सर्जक हूँ। यह संयोग है कि मेरा प्रकाशन भी चल पड़ा और लोग मुझे 'प्रकाशक' कहने लगे।

परसाई की प्रतिभा भारतीय भाषाओं में अद्वितीय है। इतना सजग, तीव्र, तीखा, चेतन व्यंग्य-लेखक देश का गौरव है। उनकी रचनाएँ कई भाषाओं में अनूदित होती हैं—देश में और विदेश में। उनकी प्रखर व्यंग्य-क्षमता का इससे बड़ा प्रमाण क्या होगा कि एक राजनैतिक दल ने उन पर हमला करवा दिया। वे पीटे गये।

परसाई की ये ताज़ा कहानियाँ हैं। वे किसी दिल्ली के प्रकाशक को भी यह संग्रह दे सकते थे; पर मेरे अधिकारपूर्वक कहने से उन्होंने ये कहानियाँ मुझे दे दीं।

विषयों, जीवन-सन्दर्भों और चरित्रों को देखकर मैं मुग्ध हूँ। हर पाठक मुग्ध होगा।

मेरा विश्वास है, वर्तमान सामाजिक जीवन की सड़ाँध, विरूपता, विसंगति पर व्यंग्य, साथ ही जीवन के प्रति आस्था, इन रचनाओं में है। परसाई घोर यथार्थवादी लेखक तथा विचारक हैं। उन्होंने व्याव-

हारिक जीवन में भीषण संघर्ष किया है और लेखन-प्रक्रिया के समय उनका संघर्ष और भी अधिक तीव्रतर बना रहा है । वे जीवन के हर सन्दर्भ के साथ जुड़े हुए हैं । राजनीति, समाज, संस्कृति, साहित्य और कला—सभी उनके लिए यथार्थ वाहक हैं । उनके व्यक्तित्व में कबीर का फक्कड़-पन तथा उनके लेखन में निराला की जीवंतता समन्वित है ।

मैं पुरानी पीढ़ी का आदमी कहलाता हूँ, पर मैं अभी भी नई से नई प्रतिभा की तलाश में रहा हूँ । भरसक सहायता भी करता रहता हूँ । मैं पीढ़ियों के संघर्ष को नहीं मानता । मैं सृजन की सार्थकता को मानता हूँ ।

परसाई जी का सृजन बहुत सार्थक है, इसलिए मैं उन्हें बड़ा लेखक मानता हूँ ।

—नर्मदा प्रसाद खरे

(ये कुछ आत्मीय शब्द मेरे मित्र और बड़े भाई की तरह आत्मीय नर्मदा प्रसाद खरे ने लिखे थे । वे इस संग्रह के प्रथम संस्करण के प्रकाशक भी थे ! वे अब इस संसार में नहीं हैं । उन्हें मेरी श्रद्धा । —लेखक)

भूमिका

ये कुछ कहानियाँ, एक-दो निबन्ध, एक-दो फंतासी इस संग्रह में हैं। इसकी अधिकतर कहानियाँ पहले 'एक लड़की पाँच दीवाने' नाम से पुस्तक रूप में आ चुकी हैं। किसी कारण पुस्तक का वह नाम मुझे अच्छा नहीं लगा। मुझे कुछ रचनाएँ और भी उसमें जोड़नी थीं। इसलिए अब जब यह संग्रह वाणी प्रकाशन से छप रहा है, तब मैंने इसका नाम 'दो नाक वाले लोग' कर दिया है।

पुस्तक के इस नाम-बदल में यह उद्देश्य नहीं है कि उस नाम से भी पुरस्कार ले लिया और इस नाम से भी ले लें। पुरस्कार न उस पर मिला था, न इस पर मिलेगा।

इन रचनाओं के बारे में मैं कुछ नहीं कहना चाहता। पाठक ही कहेंगे। मैं अकसर लेखक मित्रों से कहता हूँ, कि पाठक बड़ी तेजी से समझ में बढ़ रहा है। कहीं ऐसा न हो जाय कि पाठक आगे निकल जाय और हम लेखक पिछड़ जायें।

वाणी प्रकाशन के अशोक कुमार जरूर श्रेय के भागीदार हैं, जो मेरे पीछे पड़े रहे।

—हरिशंकर परसाई

पुस्तक के विषय में

'दो नाक वाले लोग' सामाजिक जीवन के भीतर किन्हीं कारणों से महत्त्वपूर्ण हो गए व्यक्तित्वों की दोमुँही जिंदगी को बेनकाब करने वाली व्यंग्य-प्रधान लघु कथाओं का संग्रह है। 'अकाल-उत्सव', 'एक के भीतर दो आदमी', 'सड़े आलू का विद्रोह', और 'नम्बर दो की आत्मा' समवर्ती जीवन के भीतर पनप रहे खंडित मध्यमवर्गीय और अपर-वर्गीय छद्म को न कवल बेनकाब करने वाली रचनायें हैं, अपितु उस यथार्थ को भी प्रस्तुत करती हैं, जो व्यवस्था की अपनी नियति को व्यक्त करता है, जहाँ प्रतिष्ठा-प्राप्ति के लिए ऐसा छद्म और दो मुंहा-पन जरूरी हो गया है।

आदर्श और आचरण के बीच के अन्तर्विरोध से कैसा हास्यास्पद चरित्र बनता है, इसके उदाहरण इस संग्रह की प्रत्येक लघु-कथा के भीतर विद्यमान हैं। पाठक इनके माध्यम से स्वयं अपने उस परिवेश से परिचित होता है, जो आज के भारतीय जीवन की निरर्थक नियति है, यानी जिसे बदलना आदमी की सार्थक पहचान के लिए आवश्यक है।

क्रम

एक लड़की, पाँच दीवाने : 17
चूहा और मैं : 40
अकाल-उत्सव : 44
दो नाक वाले लोग : 54
एक के भीतर दो आदमी : 61
सड़े आलू का विद्रोह : 68
वीणावादिनी का केश : 70
रोजमर्रा का मामला : 78
नम्बर दो की आत्मा : 85
वैष्णव की फिसलन : 91
डिवाइन ल्यूनेटिक मिशन : 96
वे बहादुरी से बिके : 101
अहले वतन में इतनी शराफत कहाँ है जोश : 107

दो नाक वाले लोग

हरिशंकर परसाई

दो नाक वाले लोग

हरिशंकर परसाई

एक लड़की, पाँच दीवाने

गोर्की की कहानी है, '26 आदमी और एक लड़की'। इस लड़की की कहानी लिखते मुझे वह कहानी याद आ गयी। रोटी के एक पिंजड़ा-नुमा कारखाने में 26 मजदूर सुअर से भी बदतर हालत में रहते और काम करते हैं। मालिक की जवान लड़की जब निकलती है, वे सब सीखचों से उसे देखते हैं। जीवन के रेगिस्तान में थोड़ी हरियाली आती है। वे उसे देवी जसी पूजते हैं। अलग-अलग और इकट्ठे उससे प्रेम करते हैं। एक दिन जब वह अपने उच्चवर्गीय प्रेमी के साथ बाहर निकलती है, वे आदतन उसे झाँकते हैं। लड़की कहती है—सुअर कहीं के! और प्रेमी के साथ चली जाती है।

पर जिस लड़की की कहानी मैं लिख रहा हूँ, वह बड़े आदमी की लड़की नहीं, गरीब मध्यमवर्गीय परिवार की बड़ी लड़की है, पिता सरकारी नौकर है। पत्नी बच्चे पैदा करने में गांधारी की स्पर्धा करती है। गांधारी ने अंधे पति से 100 बेटे पैदा कर दिये थे, इस औरत ने जवानी में ही आँखों वाले पति से 4 पैदा कर लिये हैं। पाँचवें का शिलान्यास हो गया है। मरियल है। पूरा खाने को नहीं मिलता। शरीर में खून नहीं हड्डी ही हड्डी है।

बड़ी लड़की विशेष दुर्बल नहीं है। वही खाना बनाती है। माँ तो लगातार प्रसूती ही रहती है। लगता है, लड़की खाना बनाते-बनाते

एकाध रोटी ज्यादा निगल लेती होगी। रोटी बड़े-बड़े क्रांतिकारियों को कमजोर बनाती है। चे गुएवारा ने डायरी में लिखा है कि एक बहादुर गुरिल्ला साथी एक दिन चोरी से डबलरोटी के दो टुकड़े खा गया। दूसरे दिन उसे दंड में नाश्ता नहीं दिया गया।

लड़की छरहरी है। सुंदरी है। और गरीब की लड़की है।

मुहल्ला ऐसा है कि लोग 12-13 साल की बच्ची को घूर-घूर कर जवान बना देते हैं। वह समझने लगती है कि कहाँ घूरा जा रहा है। वह इन अङ्गों पर ध्यान देने लगती है। ब्लाउज को ऊँचा करने लगती है। नीचे कपड़ा रख लेती है। कटाक्ष का अभ्यास करने लगती है। पल्लू कब खसकाना और कैसे खसकाना—यह अभ्यास करने लगती है। घूरने से शरीर बढ़ता है।

आँखें बड़ी ताकतवर होती हैं।

रहीम ने कहा है—

रहिमन मन महाराज के, दृग सों नहीं दिवान।
जाहि देख रीझे नयन, मन तेहि हाथ बिकान॥

मन के दीवान जी होते हैं, नयन। नयनों के उपयोग के ज्ञानी उनका असर जानते हैं। अगर आँखों का असर भीतर पड़ रहा है, तो स्त्री लॉकेट हाथ में लेकर उसे हिलाने लगती है। लॉकेट न हो तो साड़ी के पल्ले को अँगुली पर लपेटने लगती है। थोड़ी कठिनाई उसके साथ होती है, जो स्वेटर बुन रही है। पर ध्यान से देखो तो वह भी दो-चार खाने गलत बुन देती है और उन्हें उकेलकर फिर बुनने लगती है। बाकी चलतू साफही कह देती हैं—आज तो आपसे ही आइसस्क्रीम खायेंगे। चलिये।

लड़की को बाकी घूरने वाले अब हताश होकर कहीं और घूर रहे हैं। अब कुल पाँच दीवाने बचे हैं, जो सामने बैठते या चक्कर लगाते हैं। चक्कर लगाता प्रेमी बैठे प्रेमी से सवाया पड़ता है क्योंकि वह मेहनत करता है। फिर परम्परा से कूचे की खाक छानता चला आ

रहा है। लड़की अठारह साल की हो रही है। उभार पर है। छज्जे पर आकर देखने लगती है, तो उपस्थित दीवाना समझता है कि मेरे ही लिए खड़ी है और मुझी को देख रही है। पाँचों दीवाने एक साथ सिर्फ शाम को होते हैं, क्योंकि वे दिन में काम पर जाते हैं। दिन में जो हाजिर होता है, वह छज्जा देखता रहता है, आँखें मिलाता है, हावभाव करता है।

सामने एक अधेड़ जनरल मर्चेंट की दूकान है। नीचे क्राकरी की। क्राकरी वाला जवान है, मगर उसकी मुसीबत यह है कि छज्जा सिर के ऊपर पड़ता है। जनरल मर्चेंट के बगल में किताबों की दूकान है, जिसका मालिक 40 साल का खूबसूरत आदमी है। ठीक सामने के दो कमरे के मकान में एक जवान आदमी रहता है, जो बीमा कंपनी में काम करता है और 5-6 सौ से ऊपर ही कमा लेता है। यह 3-4 घंटे ही बाहर रहता है। बाकी समय घर में काटता है। क्वाँरा है। घर के सामने एक हलवाई की दूकान है। 50 पर पहुँचता होगा, पर वह भी दीवाना है।

दीवाना नम्बर 1

इसे कुल 3-4 घंटे का काम है। माल यहाँ से वहाँ सप्लाई करके वरी हो जाता है और जनरल मर्चेंट की दूकान पर आकर बैठ जाता है। आर्थिक कठिनाई में रहता है। इसने दाढ़ी बढ़ा ली है। दाढ़ी अलग-अलग तरह की होती है—प्रेमी की दाढ़ी अलग, मुल्ला की अलग और मुफलिस की अलग। इसने प्रेमी की दाढ़ी बढ़ा ली है। 'ट्रिम' करवाता है। दाढ़ी दीन भी होती है और रोबदार भी। यह दाढ़ी वाले के व्यक्तित्व और आँखों के भाव से मालूम हो जाता है। कुछ दाढ़ियाँ क्षमा-याचना करती मालूम होती हैं। इस प्रेमी का विश्वास है कि दाढ़ी बढ़ा कर आँखों में भिखारीपन लेकर औरत का सामना करो तो वह आकर्षित हो जाती है। यह दाढ़ी और दीनता लिये कभी दूकान पर बैठ

कर छज्जा देखता रहता है या फिर सामने की सड़क पर टहलता है।

यह सही है कि कुछ औरतों को दाढ़ी पसंद होती है। मैंने सुना है, कुछ औरतें पति की दाढ़ी को इतना पसंद करती हैं कि सुबह दाढ़ी में टूथपेस्ट लगा कर उसी से ब्रश कर लेती हैं।

यह प्रेमी सिर्फ देखता है। वह छज्जे पर आक्सीजन लेने आती है, तो दाढ़ी वाला समझता है कि वह उसी को देखने आयी है और दीन हो जाता है। वह करुणा में से प्रेम निकालना चाहता है। करुणा में से प्रेम निकलता भी है। गाँव की चलतू औरत कहती है—इत्ते बड़े-बड़े आदमी के लड़के और मेरे गोड़ (पाँव) पड़ें। मेरा तो जी पसीज जाय है। नहीं करते नहीं बनै।

दाढ़ी वाले को कभी-कभी लड़की का सामीप्य प्राप्त होता है। नीचे के नल से लड़की का भाई बालटियाँ भर कर ऊपर ले जाता है। कभी वह नहीं होता, लड़की पानी भरने आती है। तब दाढी वाला प्रेमी पानी की बालटियाँ उठा कर दरवाजे तक रख आता है। वह कहती है—बड़ी तकलीफ की तुमने भैया ! दाढ़ी वाला 'भैया' संबोधन से बहुत डरता है। कहीं यह राखी न बाँधने लगे ! दाढ़ी वाले प्रेमी को 7-8 घंटे जनरल मर्चेंट की दुकान पर बैठने के लिए बहाना चाहिए। वह कहता है—बड़े भैया, मैं तो फुरसत में रहता हूँ। कुछ काम हो, तो बता दिया करिये। दुकानदार उसे पार्सल छुड़ाने और माल सप्लाई करने भेज देता है। सेठ ने बाहर का काम करने वाले नौकर को निकाल दिया है।

दीवाना नंबर 2

यह 30 साल के लगभग है। गोरा और साधारणतः देखने में अच्छा है। इसे दूसरों से कुछ ज्यादा सुभीते भी हैं और कुछ असुविधाएँ भी। सुभीता यह है कि वह रुपये उधार दे देता है, पर उधार लेने लड़की का बाप आता है। वह चाहता है, लड़की आये। कहता है—तुम क्यों तकलीफ करते हो ? बच्चों को भेज दिया करो। पर बाप खुद ही उधार

लेने आता है, या लड़की की माँ आ जाती है। असुविधा इस दीवाने को यह है कि लड़की ऊपर रहती है। वह उसे देख नहीं सकता। पीछे की तरफ जाता है, तो वहाँ ऊपर लकड़ी की जाली लगी है। लड़की उसे दिखती नहीं है। मजबूरी में वह पुस्तक-प्रेमी हो गया है। वह सामने की किताब की दुकान पर बैठता है एकाध घंटे और मुआवजे के रूप में गुलशन नंदा की कोई किताब खरीद लाता है।

इधर एक तरीका उसने और निकाला। सब्जी का ठेले वाला थोड़ी दूर पर, जहाँ रोज काफी सब्जी खरीदने वाले परिवार रहते हैं, खड़ा होता है। क्राकरी वाले ने सोचा कि ठेले वाला यहाँ भी खड़ा हो, तो वह सब्जी खरीदने नीचे आया करेगी। उसने ठेले वाले से कहा—इधर भी खड़े रहा करो। उसने उम्मीद की कि भाव-ताव को लेकर बात होगी। कभी उसके पास पैसे न होंगे, तो मैं उधार में दिला दूँगा और बाद में चुकारा कर दूंगा।

ठेले वाले ने कहा—यहाँ, भाई साब, खरीदने वाले ही नहीं हैं।

दीवाने ने कहा—हैं क्यों नहीं? एक-दो रोज देखो।

ठेले वाला दरवाजे के पास खड़ा होकर आवाज लगाने लगा। लड़की ऊपर से आयी। उसने पूछा—आलू क्या भाव दिये?

इतने में दीवाना क्राकरी के ग्राहक को छोड़ कर ठेले के पास आ गया। प्रेम में बड़ा त्याग करना पड़ता है। ग्राहक खोना पड़ता है।

ठेले वाले से कहा—ठीक भाव से देना। और लड़की से आँखें मिलाने लगा।

लड़की ने कहा—पाव किलो आलू दे दो। सब्जी वाला निराश हुआ। क्राकरी वाला नैतिक संकट में आ गया।

उसने कहा—ए, एक किलो दे दो। बाकी पैसे कल ले जाना।

सब्जी वाले ने भरोसा कर लिया। उसने एक किलो तौल दिये। पर सब्जी वाले को रोज वहाँ रोकने के लिए इतनी खरीद काफी नहीं

थी। क्राकरी वाले ने लड़की के बाकी पैसे दिये और घर के लिए दो-तीन किलो सब्जी और खरीद ली। उसे भरोसा हो गया कि सब्जी वाला अब रोज यहाँ खड़ा होगा और मेल-जोल बढ़ेगा।

पर प्रेम का रास्ता काँटों का रास्ता है। पता नहीं, इस सनातन मार्ग पर कब कांक्रीट की सड़कें बनेंगी। अभी भी प्रेम में काँटों भरी पगडंडी पर से चलना पड़ता है। योजना आयोग को अगली योजना में प्रेम की कांक्रीट की सड़कों का प्रावधान करना चाहिए।

बात यह हुई कि जब क्राकरी वाला जवान दोपहर को सब्जी ले कर घर पहुँचा और उसके पिता ने सब्जी देखी, तो डाँटा—तुझसे किसने कहा था कि सब्जी ला? यह कचरा उठा लाया।

बात यह है कि पिता रिटायर्ड बेकार आदमी हैं। वह सुबह झोला लेकर सब्जी-बाजार चल देते हैं। दस दुकानें देखते हैं और बढ़िया सब्जी खरीदते हैं।

नतीजा प्रेमी के लिए बुरा हुआ। दूसरे दिन से उसने सब्जी खरीदना बंद कर दिया और ठेले वाले ने वहाँ रुकना बंद कर दिया। अब ऊपर के परिवार को सब्जी चाहिए, तो छोटी लड़की दूर खड़े ठेले से पाव किलो आलू खरीद लाती है। अब इस दीवाने को कुल इतना सहारा है कि सामने की किताब की दुकान पर बैठे, देखे और नजर बचा कर हलका-सा इशारा कर दे।

दीवाने अपने बरताव से लड़की को चतुर बनाये दे रहे हैं। भोली लड़की सुविधा की होती है। उसे पटाना आसान होता है। पर ये दीवाने उसे काइयाँ बना रहे हैं। यह इन्हीं के हित के विरुद्ध जा रहा है। अब वह लड़की आसान नहीं रही।

दीवाना नंबर 3

यह सामने वाला हलवाई है। निहायत गंदी चड्डी और मैल से काली बनियान पहन कर भट्ठी के सामने सवेरे बैठ जाता है। दाढ़ी

खिचड़ी है और कई दिन बनाता नहीं है। दाँत पीले हैं, नाक को नाक नहीं, आलू बंडा कहा जा सकता है। जलेबी के बाद वह आलू बंडे और''और भजिये बनाता है।

यह विकट दीवाना है। छज्जे की तरफ देखते हुए कड़ाही में चमचा चलाता है। जलेबी जल भी जाती है। कभी कच्चे-कच्चे आलू-बंडे निकाल लेता है। तेल खाली जलता रहता है और वह छज्जे पर लड़की को देखता रहता है। फिर उसे जलेबी दिखा कर अपने पीले दाँतों से हँसता है। समझता है, गरीब की लड़की है, आकर जलेबी ले जायेगी। पर वह नहीं आती। एक दिन छोटी लड़की को उसने जलेबी दे दी थी। कहने लगा—सब लोग बाँट कर खाना। उसका मतलब था, वह मेहबूबा भी खा ले। पर मेहबूबा ने छोटी को डाँट दिया—फिर उससे जलेबी लेगी, तो पिट जायेगी। इधर यह दीवाना पीले दाँत निकाले और नथुने फैलाये छज्जे की तरफ देख रहा था कि वह अब आयी, अब आयी, पर वह नहीं आयी। तब दीवाना दुकान के इस कोने, उस कोने खड़ा होकर देखने लगा कि भीतर ही दिख जाये। लड़की सब कुछ भीतर से देख रही थी। आखिर वह बाहर छज्जे पर आकर खड़ी हो गयी और हलवाई की तरफ देख लिया। वह कृतार्थ हो गया। उस वक्त वह आकर कहती है कि मैं तुम्हारा तला हुआ हाथ खाऊँगी, तो वह पंजा तल कर उसे खिला देता।

लोग उससे पूछते हैं—तुम्हारी उम्र कितनी है? 50 के पार तो होगी? वह कहता है—30 से ऊपर नहीं है। पाँच साल से भट्ठी के सामने बैठ रहा हूँ, इसलिए उमर ज्यादा लगती है। पाँच साल पहले देखते। अच्छे-अच्छे घरों की मरती थीं। दो-तीन तो जल कर मर गयी थीं मेरे प्रेम में।

जब वह छज्जे पर आती है, हलवाई पीले दाँत निकाल कर, थुथने फैला कर साँड की तरह दूर से सूँघता है कि तैयार हुई कि नहीं।

दीवाना नंबर 4

यह खिलाड़ी है। कई जगह खेलता है। पैसे वाले का लड़का है। चेन सावधानी से कुरते के बाहर रखता है। यह अकसर शाम को आता है। इसका विश्वास है, ट्यूबलाइट में आदमी ज्यादा खूबसूरत लगता है। इसका आना किसी को पसंद नहीं—इसके अच्छे कपड़ों और चेन के कारण। पर तब लड़की चूल्हा फूँकती रहती है। आस-पास के ट्यूब-लाइट बेकार चले जाते हैं। एक-दो बार वह लड़की छज्जे पर आकर पसीना पोंछने लगती है। यह दीवाना समझता है कि चेन उसे दिख गयी। यह सोने की चेन से बाँध कर उसे खींचना चाहता है। यह प्रेमी बड़े जोर-जोर से शेखियाँ बघारता है, ठहाका लगाता है···वह सुन ले कि कोई मस्ताना उसके लिए बेताब है। पर लड़की तब भीतर चूल्हा फूँकती होती है। दीवाना वहाँ लोगों को चाय पिलाता है···वह देख ले कि मैं इतना उदार हूँ। पर वह चूल्हा फूंकती है। जोर से कहता है—अरे, हजारों रुपये फूंक दिये हैं, यहाँ तो पैसे को मिट्टी समझते हैं। जरूरतमंद हो और माँगे, तो हजार-दो हजार दे देते हैं। और भूल जाते हैं।

पर लड़की इसकी यह दैवी उदारता सुन नहीं पाती, क्योंकि रोटी बनाती होती है।

इस दीवाने ने समय गलत चुना। इसे शाम के पहले, सवेरे, या दोपहर को आना चाहिए।

पर इसकी भी मजबूरी है। इसके चेहरे पर चेचक के हलके दाग हैं, इसलिए इसे ट्यूबलाइट में ही आना पड़ता है।

यह भी किताब की दुकान पर थोड़ी देर बैठता है। वहाँ से रसोई बनाने का कोना दिख जाता है। फिर यह याद लिये हुए घर चला जाता है।

दीवाना नंबर 5

इसे सबके बाद इसलिए ले रहा हूँ कि यह 100 फी सदी दीवाना है। एकमात्र गभीर और समर्पित दीवाना। गोरा आदमी है। अकेले जिंदगी काट रहा है। हर स्त्री पर मोहित हो जाता है। पर जब से उस लड़की पर इसकी नजर पड़ी है, यह बिल्कुल उसी का हो गया है। रात-दिन उसी की याद में लिप्त रहता है। काम में मन नहीं लगता। लोगों से बात करता है, तो या तो उसी की बात करता है, या गुमसुम उसके बारे में सोचता रहता है। ठीक सामने रहने के कारण भीतर से भी उसे बैठ कर या लेटे हुए देखता रहता है।

यों 'सेक्स' यहाँ-वहाँ जमाता रहा है। इसे हर 6 महीने में मकान बदलना पड़ता है।

एक दोपहर को घबराया मेरे पास आया, कहने लगा—मोहल्ले में पिटने की नौबत आ गयी है।

मैंने पूछा, तो उसने बताया—मकान मालकिन गरीब है। उसने एक कमरा मुझे किराये पर दे रखा है। वह खुद एक से फँसी है। लड़की को मैंने पटा लिया था। एक लड़का भी है, जो मैट्रिक की परीक्षा में बैठने वाला है। आज दोपहर को लड़की आ गयी, माँ ऊपर सो रही थी। हम दोनों बिस्तरे में थे कि माँ आ गयी। देखा, तो चिल्लायी—अरे, इसे क्या चकलाघर समझ रखा है? भले आदमियों के मोहल्ले में ये कारनामे? मेरी लड़की को बिगाड़ रहे हो! मैं अभी मोहल्ले वालों को पुकारती हूँ और तुम्हारी बोटी-बोटी करवाती हूँ!

मैंने पूछा—फिर तुमने क्या किया?

उसने कहा—मैंने उसके पाँव पकड़ लिये और कहा—मुझे माफ कर दो।

मैंने पूछा—लड़की से उसने क्या किया?

कहने लगा—कुछ खास नहीं। एक हलका-सा चाँटा मारा और

कहा—चल, हरामजादी, ऊपर ! लफंगों के चक्कर में फँसती है ! मैं इस बदमाश को अभी पिटवाती हूँ। मैंने फौरन साइकल उठायी और आपके पास भागा चला आ रहा हूँ। क्या करूँ ? मेरा वहाँ सामान पड़ा है। एक पेटी में काफी रुपया भी है। मैं लौटने में डरता हूँ। क्या सच-मुच वह मुझे पिटवा देगी ?

मैंने कहा—हाँ।

उसने कहा—मर मोहल्ले वालों को क्या मतलब ? वे जानते हैं, वह औरत एक से फँसी है। क्या वे लोग मेरी बात नहीं मानेंगे ?

मैंने कहा—बिल्कुल नहीं मानेंगे। उसी की बात मानेंगे, हंगामा करेंगे। तुम्हें पीटेंगे। ऐसे हंगामे मोहल्ले की नीरसता भंग करते हैं। महीने में एकाध लड़की भगायी न जाये, या कोई बलात्कार न हो, तो मोहल्ले के निवासी बहुत बोर होते हैं।

वह काफी घबराया हुआ था।

मैंने पूछा—आज या कल लड़की की माँ से तुम्हारी कुछ बात हुई थी ?

उसने कहा—हाँ, रात को और सबेरे मेरे पास बैठी रही। पैसे की तकलीफ बताती रही। कह रही थी—परसों मुन्ना की 50 रुपये परीक्षा फीस भरनी है। बड़ी परेशानी है। कुछ समझ में नहीं आता। सुबह भी वही चिंता बताती रही कि मुन्ना की फीस भरनी है।

मैं मामला समझ गया। मैंने कहा—फौरन घर जाओ, पेटी से पचास रुपये निकालो, ऊपर उसके पास जाकर उसे रुपये दो और कहो—लो, मुन्ना की फीस भर दो। जैसा तुम्हारा लड़का, वैसा मेरा भाई। पैसा तो आता-जाता रहता है। लड़के का साल बरबाद नहीं होना चाहिए। इसके सिवा कोई और रास्ता पिटने से बचने का नहीं है।

यों ही उन्हें पसीना आ रहा था। पचास की बात सुन कर उन्होंने पीने को पानी माँगा।

कहने लगे—पर उसने पीटने वाले इकट्ठे कर रखे हों, तो ?

मैंने कहा—मैं निश्चित कहता हूँ, उसने अभी तक किसी से कुछ भी नहीं कहा होगा। वह तुम्हारी राह देख रही होगी।

वह बोले—पचास तो बहुत होते हैं। मेरा काम तो आधा भी नहीं हुआ था।

मैंने कहा—पचास दे दोगे, तो पिटने से तो बचोगे ही, रात को वह तुम्हारा पूरा काम करवा देगी। इस तरह डेवढ़ा काम हो जायेगा।

वह बड़ी घबराहट में गये।

दूसरे दिन मिले, तो मैंने पूछा—पिटे तो नहीं ?

उन्होंने कहा—नहीं।

मैंने पूछा—उसने रुपये ले लिये ?

वह बोले—हाँ, कहने लगी कि अरे भैया, तुम तो घर के ही हो। मुसीबत में तुम काम नहीं आओगे तो कौन आयेगा !

मैंने पूछा—और रात को उसने पूरा काम तुम्हारा करवा दिया न ?

वह बोले—हाँ, करवा दिया, आपने ठीक कहा था कि डेवढ़ा हो जायेगा।

मैंने कहा—अब उस मकान को फौरन छोड़ो और बहुत ही तकलीफ 'उस' मामले में हो, सुभीते का मामला न जमे, तो गांधीजी की शिक्षा के अनुसार चलो।

उन्होंने पूछा—गांधीजी ने इस 'सेक्स' के मामले में क्या सिखाया है, सिवा ब्रह्मचर्य के ?

मैंने कहा—नहीं, उन्होंने अछूतोद्धार भी सिखाया है। 1-2 रुपयों में अछूतोद्धार कर लिया करो।

वह गांधीभक्त हो गये।

अछूतोद्धार पर अधिक ध्यान देने लगे।

ब्राह्मण 500-600 रुपये कमाने वाला, देखने में अच्छा—फिर भी,

शादी न हो यह एक सवाल बहुत लोगों के मन में उठता है। परदेशी है यहाँ। एक समस्या तो यही है कि लड़की वालों के सामने कौन सिद्ध करे कि यह ब्राह्मण ही है? उसकी वंशावली कौन बताये? परिवार के कोई बुजुर्ग दिलचस्पी लेते दिखते नहीं हैं।

ऐसा नहीं है कि लड़की वाले आते नहीं हैं। वह खुद भी तलाश करके लड़की वालों के यहाँ जाता है।

पर सुना है, एक विशेषता है उसमें। वह लड़की की अपेक्षा उसकी माँ पर ज्यादा ध्यान देने लगता है। इससे एक तो लड़की बिचकती है, दूसरे माँ उसे कुछ 'यों ही' समझने लगती है। कुछ लोगों ने समझाया कि माँ को जरूर खुश करो, पर उसे माँ समझकर खुश करो। वह जवाब देता है—मैं क्या करूँ? जिस परिवार में जाता हूँ, वहाँ माँ और लड़की दोनों मेरे ऊपर मरने लगती हैं।

यह समस्या बड़ी टेढ़ी है। माँ पर ध्यान देता है, तो लड़की बिचकती है और माँ लफंगा समझने लगती है, जहाँ माँ अनुकूल होने लगे, वहाँ वह लड़की को काटती है—तेरा यहाँ क्या काम है? जाकर पढ़ती क्यों नहीं? माँ और बेटी दोनों पर एक साथ डोरे डालना खतरनाक होता है। कुछ पुरुष सोचते हैं कि लड़की नहीं तो माँ ही हाथ लग जाय। लड़की से तो शादी भी करनी पड़ सकती है। पर इधर यह प्रेमी लोगों से कहता जरूर है कि माँ मेरे पीछे पड़ी है। उस आदमी की बड़ी आफत है जिसे दुनिया की हर स्त्री अच्छी लगती है और जो यह समझता है कि दुनिया की हर स्त्री मुझ पर जान देती है। ऐसे में एक भी स्त्री हाथ नहीं पड़ती।

यह प्रेमी नं० 5 लड़की के पीछे दीवाना है। वह उससे शादी करना चाहता है। बिलकुल डूबा है। लड़की भी अनुकूल लगती है। वह इसी की तरफ ज्यादा ध्यान देती है।

दीवानों ने खुद एक सीधी लड़की को जो सहज ही फँसती, काँइयाँ

बना दिया है और अपना ही नुकसान कर लिया है।

प्रेमी रोज एक-दो प्रेम-कविताएँ लिखता है। प्रेमाभिभूति प्रसार माँगती है। वह लोगों को सुनता भी है। कविताएँ अच्छी होती हैं। सीधी भी होती हैं—मेरे पास आओ—तो बैठो तो, मैं तुम्हारा हाथ सहलाऊँ और चूम लूँ—वगैरह।

देखा-देखी तो बहुत हो चुकी। निकटता कैसे हो? प्रेमी बड़ा आविष्कारक होता है। लड़की का बाप शराब-प्रेमी है। इतवार की एक शाम उसने उसे बुलाया—मिसिरजी, आइये न। यहीं बैठें। मिसिरजी आकर बैठ गये।

प्रेमी ने ठर्रे का अद्धा खोल लिया और चालू हो गया। मिसिरजी जब आधी से ज्यादा पी गये तो प्रेमी ने कहा—आपको लड़की की शादी भी तो करना है। मिसिरजी ने झोंकते हुए कहा—मुझे क्या चिंता? तुम जैसा दामाद किस···वाले को मिलेगा? तुम तो मेरे दामाद ही हो गये। दुनिया कुछ भी कहे। सबकी माँ की···

उसने प्रेमी को गले लगा लिया।

प्रेमी को रात भर नींद नहीं आयी।

सुबह मिसिरजी घर से निकले तो प्रेमी ने पुकारा—मिसिरजी, जरा सुनिये तो।

मिसिरजी ने चलते-चलते कहा—ड्यूटी का टाइम हो रहा है, फिर मिलूँगा।

उनका नशा उतर गया था।

एक नैतिकतावादी

यह सीधा, खूबसूरत पुस्तक-विक्रेता है। तीन बच्चे हैं। अच्छी पत्नी है। इसके लिए दुनिया में दूसरी और कोई औरत नहीं है।

मैं कभी-कभी उनके पास बैठता हूँ। वे पीड़ित हैं। कहते हैं—यह क्या चला है मुहल्ले में? बड़ी खराब बात है। तमाम हल्ला फैला हुआ

है। यह बंद होना चाहिये।

फिर कहने लगे—हमारी भी बदनामी हो रही है। वे तीन दीवाने हमारी दूकान पर आकर उससे आँखें लड़ाते हैं और इशारे करते हैं। इससे हमारे धंधे पर असर पड़ेगा। मैंने उनमें से दो से तो साफ कह दिया कि यहाँ न बैठा करो।

मैंने थोड़े हलके 'मूड' में कहा—तुम तो हो बुद्धू! मैंने देखा है कि वह लड़की तुम्हारी तरफ बहुत देखती है। वह तुमसे बहुत आकर्षित है। तुम एकाध बार उसकी तरफ देख तो लिया करो।

उन्होंने कहा—फालतू बात मत करो। हम इन झंझटों में नहीं पड़ते। हमारी 'वाइफ' है।

मैंने कहा—यार, एक मात्र 'वाइफ' से काम नहीं चलता। तुम बहुत अरसिक हो। ऐसी-ऐसी खूबसूरत लड़कियाँ किताबें खरीदने आती हैं और तुम उनसे 5-10 पैसे कमीशन के लिए झिकझिक करते हो। कल यह जो पी. एच. डी. वाली आयी थी, कैसे प्रेम से बातें कर रही थी। कहती थी—हम तो फर्स्ट इयर से आपके पास आ रही हैं। कहीं और जाती ही नहीं हैं और तुम उससे कहते थे, पाँच पैसे से ऊपर कमीशन हम नहीं देंगे। बेचारी कितनी निराश हुई! तुम्हें तो उसे किताबें यों ही दे देना था कि लो, ले जाओ, पढ़ो।

उनका जवाब था—जी हाँ, खूबसूरत औरतों को किताबें यों ही देता जाऊँ, तो तीन बच्चे मैंने पैदा कर रखे हैं, उनका पालन क्या वह पी. एच. डी. वाली करेगी?

फिर वे नैतिकता, सदाचार, एक-पत्नीव्रत और पतिव्रत धर्म की बातें करने लगे।

मैंने कहा—धर्मग्रंथ इस मामले में बहुत छूट देते हैं। देखो, पत्नी-व्रत से पतिव्रत धर्म बड़ा होता है। पर तुलसीदास ने कहा है, उत्तम नारी के बारे में—

उत्तम कर अस बस मन माहीं,
सपनेहु आन पुरुष जग नाहीं।

अर्थात् उत्तम स्त्री वह है जिसके लिए सपने में भी कोई पुरुष पराया नहीं है—सब अपने ही हैं।

इस पर उनका रिमार्क था—तुम्हारा दिमाग विकृत है ! तुम उलटे और गलत अर्थ निकालते हो। अच्छा हुआ, जो तुमने पढ़ाने का धंधा छोड़ दिया। हम इस सब को पसंद नहीं करते। मैं उस तीसरे प्रेमी का भी आना बंद करा दूंगा।

और वे मुहल्ले की अनैतिकता पर और गमगीन हो गये।

फिर प्रेमी नं० 5

इस प्रेमी की बात मैंने बीच में छोड़ दी थी। यह आदर्श प्रेमी है। जो होने वाले ससुर को पहले से ही दारू पिलाये, वह आदर्श प्रेमी होता है। पर सुबह नशा उतरने के बाद वह यह जरूर सोचता होगा कि संभावित आदर्श दामाद शराब पीता है।

रात को लगभग डेढ़ पौआ पीकर जो गले लगा कर दामाद बना लेता है, वह सुबह यह कह कर बरका जाता है कि ड्यूटी पर जाना है। टाइम हो रहा है। दिन में उससे पक्की बात ही नहीं होती। घर में जाने का सिलसिला ही शुरू नहीं हो रहा।

लड़की की माँ चतुर है। वह सब समझ रही है।

एक दिन लड़की के घर में आटा नहीं था। चूल्हा ठंडा पड़ा था। माँ ने छोटी लड़की को प्रेमी के पास भेजा। बोली—सामने वाले बाबूजी से कहना कि हमें थोड़ा आटा दे दें। हमारे घर आने पर लौटा देंगे। लड़की गयी।

प्रेमी प्रेम में सिर से पाँव तक डूबा है।

कहता हैं—मैं उसके लिए प्राण भी दे सकता हूँ प्रेमिका भूखी बैठी है।

प्रेमी ने झट से लगभग दो किलो आटा लड़की को दे दिया।

मगर उसके जाने के बाद डायरी निकाल कर उसके नाम दो किलो आटा और उसकी कीमत लिख ली।

मुझे ऐसे आदर्श प्रेमी बड़े अच्छे लगते हैं जो प्राण देने को तैयार हैं, मगर भूखी प्रेमिका को जो आटा देते हैं, उसकी कीमत उसके खाते में लिख लेते हैं। प्राण की कोई कीमत है ? बाजार में कौन खरीदता है प्राण ? आटा फिर भी एक किलो डेढ़ रुपये का होता है। हिसाब प्रेम में जरूर होता है। कहीं प्रेम में फल नहीं आये या शादी न हुई तो कम से कम हिसाब तो रिकार्ड में रहेगा।

लड़की कभी दाल भी ले जाती है और प्रेमी उसकी कीमत प्रेमिका के खाते में डाल लेता है।

मिसिरजी कहते हैं—तिवारीजी, 'एरीअर्स' मिलने वाले हैं। मिलते ही सब चुकता कर दूंगा।

पर प्रेमी सोचता है, आटा, दाल और नकद के 'एरीअर्स' छोड़ो। प्रेम के जो 'एरीअर्स' हो गये हैं, वे तो जल्दी चुक जायें।

आखिर एक दिन छोटी लड़की ने सुबह आकर कहा—भैया, अम्मा ने कहा है कि भोजन दोपहर को हमारे यहाँ करना।

प्रेमी थोड़ी देर तो सन्न बैठा रहा।

फिर विचलित हुआ। आखिर घर में जाने का सिलसिला बँधा।

दोपहर के खाने को तीन घण्टे थे। इतना समय कैसे काटे ? क्या सिनेमा का मेटिनी शो देख आये ? खुशी से अर्द्धविक्षिप्त हो गया। मन को लगाये रखने के लिए सामान सँभालने लगा। उसमें भी मन नहीं लगा। सड़क पर निकल पड़ा। चौराहे तक गया। बगल की दूकान से पान खाया। लौटा तो फिर पान खाया। फिर दूसरे चौराहे तक गया। इस बार इधर के पान वाले से पान खाया। फिर दूसरे चौराहे की तरफ गया और फिर पान खाया। पान वालों ने कहा—आज तिवारी जी,

पंद्रह-पंद्रह मिनिट में पान खा रहे हैं। क्या बात है ? वह दोनों चौराहों तक छः बार जा चुका था और 24 पान खा चुका था। पता नहीं पानों का हिसाब उसने प्रेमिका के खाते में लिखा या नहीं। फिर थक कर बैठ गया और 'बच्चन' के गीत पढ़ने लगा—'आज न सोऊँगा, न सोने दूँगा तुमको हे मनभीने !' कई बार गाया।

फिर स्नान किया। झक-झक धोती और कुरता पहना। चेहरे पर स्नो लगाया और बिना आसपास देखे चोर की तरह सीढ़ियाँ चढ़ गया।

बड़े प्रेम से उन लोगों ने खाना खिलाया। खाने के बाद लड़की की माँ ने कहा—भैया, काहे को हाथ से रोटी बनाते हो ? यहीं खा लिया करो।

सुनकर प्रेमी को थोड़ी देर तो होश नहीं रहा। फिर होश में आया तो बोला—आप लोगों की इच्छा है, तो खा लिया करूँगा। पर आप लोगों के भी खर्चे लगे हैं। आपको साठ रुपये हर महीने लेने पड़ेंगे।

माँ ने कहा—आपस में पैसे की क्या बात है ? आप तो शाम से ही खाना शुरू कर दो।

छः-सात आदमी का खाना वैसे ही बनता है। दाल में थोड़ा पानी ज्यादा डाल दो और सब्जी में भी, तो सिर्फ चार-पाँच रोटियों की ही जरूरत तो है। साठ रुपये गरीब परिवार को बहुत मदद है।

शाम को प्रेमी खाने गया तो पहले साठ रुपये माँ के हाथ में रखे।

इधर बाकी दीवानों की दुनिया में तहलका मच गया—साले ने वहाँ रोटी खाना शुरू कर दिया। इसे पीटकर मुहल्ले से भगाना पड़ेगा।

प्रेमी दोनों टाइम आस-पास बिना देखे सीढ़ियाँ चढ़ जाता है।

एक दिन हलवाई कहने लगा—भैया, कोई दिन हमारी जलेबी भी चखा दो।

पहले खाना माँ और छोटी लड़की परोसती थी, फिर बड़ी परोसने

लगी। वह खाना कम और हाव-भाव ज्यादा परोसती थी।

सब दीवानों ने मिल कर सीधी लड़की को चतुर बना दिया है।

पन्द्रह-बीस दिन बाद एक दोस्त ने कहा—तिवारी जी, कुछ दुबले लग रहे हो। भोजन तो वहाँ अच्छा मिलता है न ?

प्रेमी ने कहा—भोजन तो अच्छा मिलता है, पर जरा भूख ही कम हो गयी है।

मित्र ने कहा—हाँ, भावातिरेक में खाया नहीं जाता।

प्रेमी ने कहा—हाँ, ऐसा ही है।

मित्र ने कहा—कुछ संकेत से आइडिया देती है ?

प्रेमी ने कहा—हाँ, माँ की नजर बचा कर पल्ला लापरवाही से खिसकाकर ऊपर की चीज क्षण भर को दिखा देती है।

और वह ध्यानमग्न हो गये।

मित्र सच्चा है। प्रेमी से सहानुभूति है। चाहता है, इसकी शादी उससे हो ही जाये।

पर माँ-बाप जाँच रहे हैं। भरोसा कर लेना चाहते हैं। इधर प्रेमी ने उस ऊपर वाली चीज को क्षण भर कभी दिखा देने के उपलक्ष्य में साठ रुपये के सत्तर रुपये कर दिये।

तीन महीने भोजन का सिलसिला चला, फिर एक दिन वह बन्द हो गया।

मित्र ने पूछा, तो बोला—वहाँ अब खाना नहीं खाऊँगा। होटल मे खाऊँगा।

फिर उसने हिसाब की किताब निकाली और दाल-चावल, नकद का टोटल करके बोला—ढाई सौ रुपये खर्च हो गये। अब तो चाहे जो हो, मैं उसे ले कर भाग जाऊँगा। चाहे नौकरी चली जाय, चाहे भूखा मर जाऊँ, मैं उसके बिना रह नहीं सकता।

दोस्त ने पूछा—क्या वह भागने को तैयार है और कानूनी हिसाब

से बालिग हो गयी है ?

प्रेमी ने कहा—भागेगी क्यों नहीं ? जरूर भागेगी। बालिग-फालिग की मैं परवाह नहीं करता। मैं उसके लिए जेल जा सकता हूँ, प्राण दे सकता हूँ।

फिर उसने हिसाब की कापी देखी और कहा—ढाई सौ रुपये चले गये।

दोस्त ने पूछा—पर सम्बन्ध खराब कैसे हो गये ?

प्रेमी ने कहा—अरे, वे आदमी और औरत ऐसे ही हैं।

दोस्त ने अंदाज लगाया कि इसकी तुनकमिजाजी के कारण शायद सम्बन्ध बिगड़े हों, या यह उतावली में कुछ आगे बढ़ने लगा हो।

प्रेमी अब उस घर की तरफ देखता नहीं है।

बाकी दीवाने रिमार्क करते हैं उसे सुना कर—कट गयी पत्ती ! कट गयी !

एक दिन प्रेमी अपने दोस्त से कहने लगा—लड़की के माँ-बाप अब मुझसे डरने लगे हैं। जानते हैं कि लड़की मुझ पर मोहित है। कहीं मैं कुछ कर न बैठूँ। उसे लेकर भाग न जाऊँ।

दोस्त ने कहा—लड़की पहले चाहे जो कहे, अकसर भागने के वक्त पीछे हट जाती है। कहती है—हृदय से तो मैं तुम्हारी हूँ और हमेशा रहूँगी। लड़कियों को ये मुहावरे रटे रहते हैं।

प्रेमी ने कहा—वह ऐसी नहीं है। साहसी है। इसी वक्त उसे घर से निकाल सकते हैं।

फिर कहने लगा—वे लोग चाहते हैं कि मैं यह मकान छोड़ दूँ। छोड़ूँगा, तो पैसे लेकर छोड़ूँगा। यों ही नहीं छोड़ दूँगा। कहूँगा—पचास रुपये दो, तो मकान छोड़ देता हूँ।

आदर्श प्रेमी के यही लक्षण होते हैं।

वह उदास रहता है। चिढ़ता है। हर आदमी को अपना शत्रु समझता है।

दोस्त ने सलाह दी—पुराने खयालात के आदमी हैं। घर से किसी बुजुर्ग को बुला लो। वे बाकायदा सम्बन्ध की बात कर लेंगे।

प्रेमी ने कहा—बुजुर्गों की ऐसी की तैसी! जब सालों ने इस उम्र तक परवाह नहीं की, तो अब मैं उन्हें नहीं बुलाऊँगा। जो करना होगा, मैं करूँगा। मैं क्रांतिकारी आदमी हूँ।

लड़की

गरीब आदमी की है। घर का सब काम करती है—रोटी बनाना, घर साफ करना, कपड़े धोना। सीधी, भोली लड़की। थोड़ी देर पढ़ने चली जाती थी। अभी-अभी उसने किसी तरह मैट्रिक पास किया है। उसे लगता था, यही उसकी जिन्दगी है।

पर दीवानों ने अपनी हरकतों से उसे भान करा दिया कि उसके पास रोटी बनाने, कपड़े धोने और घर साफ करने के सिवा कुछ और भी है, जो घर के नहीं, बाहर वालों के काम का है। यों उम्र पाकर हर लड़की को यह बोध हो ही जाता है, पर इसे थोड़ा पहले ही दीवानों ने करा दिया। इसीलिए वह छज्जे पर बार-बार आकर घर के दम घोंट वातावरण से मुक्ति पाती रही और लगातार समझती रही कि वह क्या है, जो घर के नहीं, बाहर के काम का है।

17 साल तक पहुँचते-पहुँचते वह समझ गयी कि गरीबी के कारण उसकी शादी होना कठिन है। उसका दम यहीं घुट जायेगा। या किसी ऐसे के गले मढ़ दी जायेगी, जहाँ वह यहाँ से भी ज्यादा घुटे।

वह सोचने लगी कि प्रेमी नम्बर पाँच से ही शादी हो जाये, तो ठीक हो, बाकी दीवानों को वह जानने लगी थी। शादी करने का इच्छुक वही सिर्फ़ दीवाना नम्बर पाँच था। 18 पार कर रही थी। चाहती थी कि सस्ती मैली साड़ी, हलके ब्लाउज और खोपरे के तेल सँवारे बाल किसी को गम्भीरता से अच्छे लगें। प्रेमी नम्बर पाँच उसकी इस सादी सुन्दरता पर मुग्ध होता, तो उसे अच्छा लगता कि गरीबी और भुखमरी के बाद

भी मुझमें कुछ है, जो इसे अच्छा लगता है ।

मगर लड़की को दीवानों ने खुद ही चतुर बना दिया था। तीन महीने घर में वह भोजन करने आता, तो माँ-बाप तो उसे जाँचते ही थे, लड़की भी जाँच रही थी ।

सबको यह विश्वास हो गया था कि इसे दहेज वगैरह की चाह नहीं है। शादी सस्ते में निपट जायेगी ।

पर सबको तीन महीने के अनुभव से यह समझ में आ गया था कि यह आदमी तुनकमिजाज, अस्थिर और कुछ भी कर उठने वाला है। यह बारात में से भी लौट जा सकता है ।

वे उसके प्रति ठंडे होने लगे, पर लड़की उष्णता का अहसास उसे देती रही। यह उष्णता जो वापस लौटे, उसकी भी जरूरत थी ।

लड़की को फुरसत ही नहीं मिलती कि वह कहीं जाये ।

चार-पाँच मकान आगे एक परिवार रहता है। गृह-मालकिन अच्छी है। उसे वह 'मौसी' कहती है। लड़की कभी-कभी मौसी के घर जाती है। एक-दो घण्टे बैठती है। उसे वहाँ अच्छा लगता है। मौसी भी उसे चाहती है। सोचती है, कैसी सुन्दर लड़की, सुशील और भली। पर गरीबी तेरा बुरा हो। इसकी शादी नहीं हो रही है। जिस घर में भी पहुँच जायेगी, उजाला कर देगी ।

नैतिकतावादी पुस्तक-विक्रेता कहता है—हम तो जानते थे कि एक दिन ऐसा होगा ।

हम तो जानते थे

मोहल्ले के लोग कहते हैं—जो छज्जे पर खड़ी मर्दों को देखती है, वह ऐसा ही तो करेगी !

कुछ कहते हैं—ठीक ही हुआ ।

दीवाने कहते हैं—साली छिनाल निकल गयी !

औरतें कहती हैं—किसे पता था कि यह लड़की ऐसा करेगी ।

क्या हुआ ? पेट बढ़ गया ? गर्भ गिरा दिया गया ?

नहीं।

एक दिन लड़की ने माँ से कहा—माँ, मेरा मैट्रिक का सर्टिफिकेट पेटी में से निकाल दे। लड़कियों के स्कूल में नौकरी मिल जायेगी।

माँ खुश हुई। सौ-सवा सौ और घर में आयेंगे।

फिर वह एकाएक हलवाई के पास गयी और बोली—चाचाजी, आज तो जलेबी खायेंगे।

'चाचाजी' सुन कर हलवाई खिन्न तो हुआ, पर पीले दाँत निकाल कर कहा—जितनी चाहो, खाओ, तुम्हारी ही तो दुकान है।

उसने एक पुड़े में जलेबी बाँध दी। लड़की घर ले आयी।

माँ ने कहा—ये क्यों ले आयी ?

लड़की ने कहा—माँ, आज मुझे नौकरी मिलेगी न, उसी खुशी में।

फिर दाढ़ी वाले प्रेमी को दो बालटियाँ दे कर कहा—भैया, ज़रा ये भर कर ऊपर रख देना। मेरी तबियत ठीक नहीं है।

फिर क्रॉकरी वाले से कहा—मैं जरा एक काम से जा रही हूँ। भैया, जरा एक किलो आलू ऊपर भिजवा देना। अभी लौट कर पैसे दे दूँगी।

फिर प्रेमी नम्बर पाँच के पास गयी और बोली—मुझे पचास रुपये फौरन दे दो। बड़ी मुसीबत आ गयी है।

प्रेमी गद्गद हो गया। पहली बार घर आयी थी। उसने पचास रुपये फौरन दिये और उसका हाथ पकड़ कर भीतर खींचते हुए बोला—एक बार तो पास आ जाओ।

लड़की ने कहा—नहीं, ये रुपये मैं माँ को देकर जल्दी आती हूँ। कहीं जाना मत। यहीं रहना।

वह घर गयी, प्रेमी नम्बर पाँच के दिये हुए साड़ी-ब्लाउज पहने। माँ से कहा—मौसी के घर ज़ा रही हूँ। मौसियाजी के मारफत ही

नौकरी लगने वाली है ।

मौसी का परिवार बड़ा प्रतिष्ठित और प्रभावशाली । उन लोगों ने एक लड़का तय कर रखा था । माँ विधवा थी । लड़का बैंक में काम करता था । लड़की उसे पसन्द थी । दिन तय कर रखा था । मैट्रिक का सर्टिफिकेट वह उम्र के सबूत के लिए ले गयी थी ।

वैदिक रीति से विवाह घण्टे भर में हो गया ।

4 घण्टे बाद लड़की लौटी, तो बढ़िया साड़ी और गहने पहने थी । पीछे दो रिक्शों में सामान था । लड़की के साथ लड़का बैठा था । सास-ससुर के पाँव छूने आया था ।

वे दोनों ऊपर गये । पिता ड्यूटी पर था । उसने लड़की की माँ के पाँव पर सिर रखा ।

अचरज यह कि माँ को अचरज नहीं हुआ । लड़का लौट गया । विदाई बाद में होने की थी ।

लड़की छज्जे पर आयी, इतना लम्बा-चौड़ा और गहरा सिंदूर मांग में भरा था कि मील भर से दिखता था ।

घर के सामने भीड़-सी लग गयी ।

राहगीर पूछते—क्या बात है ? कोई मौत हो गयी क्या ?

दूसरे राहगीर ने कहा—हाँ, लगता है, कोई मौत हो गई है ।

तभी मोहल्ले के एक मसखरे ने कहा—एक नहीं, चार-पाँच मौतें हो गयी हैं ।

चूहा और मैं

यह कहानी स्टीन बैंक के लघु उपन्यास 'आफ मेन एण्ड माउस' से अलग है।

चाहता तो लेख का शीर्षक 'मैं और चूहा' रख सकता था। पर मेरा अहंकार इस चूहे ने नीचा कर दिया है। जो मैं नहीं कर सकता, वह यह मेरा घर का चूहा कर लेता है। जो इस देश का सामान्य आदमी नहीं कर पाता, वह इस चूहे ने मेरे साथ करके बता दिया।

इस घर में एक मोटा चूहा है। जब छोटे भाई की पत्नी थी, तब घर में खाना बनता था। इस बीच पारिवारिक दुर्घटनाओं-बहनोई की मृत्यु आदि—के कारण हम लोग बाहर रहे।

इस चूहे ने अपना यह अधिकार मान लिया था कि मुझे खाने को इसी घर में मिलेगा। ऐसा अधिकार आदमी भी अभी तक नहीं मान पाया। चूहे ने मान लिया है।

लगभग 45 दिन घर बंद रहा। मैं जब अकेला लौटा, घर खोला, तो देखा कि चूहे ने काफी 'क्राकरी' फर्श पर गिराकर फोड़ डाली है। वह खाने की तलाश में भड़भड़ाता होगा। क्राकरी और डब्बों में खाना तलाशता होगा। उसे खाना नहीं मिलता होगा, तो वह पड़ोस में कहीं कुछ खा लेता होगा और जीवित रहता होगा। पर घर उसने नहीं छोड़ा। उसने इसी घर को अपना घर मान लिया था।

जब मैं घर में घुसा। बिजली जलाई, तो मैंने देखा कि वह खुशी से चहकता हुआ यहाँ से वहाँ दौड़ रहा है। वह शायद समझ गया कि अब इस घर में खाना बनेगा, डब्बे खुलेंगे और उसकी खुराक उसे मिलेगी।

दिन भर वह आनंद से सारे घर में घूमता रहा। मैं देख रहा था। उसके उल्लास से मुझे अच्छा ही लगा।

पर घर में खाना बनना शुरू नहीं हुआ। अकेला था। बहन के यहाँ, जो पास में ही रहती है, दोपहर को भोजन कर लेता। रात को देर से खाता हूँ, तो बहन डब्बा भेज देती रही। खाकर मैं डब्बा बंद करके रख देता। चूहाराम निराश हो रहे थे। सोचते होंगे—यह कैसा घर है। आदमी आ गया है। रोशनी भी है। पर खाना नहीं बनता। खाना बनता तो कुछ बिखरे दाने या रोटी के टुकड़े उसे मिल जाते।

अब मुझे एक नया अनुभव हुआ। रात को चूहा बार-बार आता और सिर की तरफ मच्छरदानी पर चढ़कर कुलबुलाता। रात में कई बार मेरी नींद टूटती। मैं उसे भगाता। पर थोड़ी देर बाद वह फिर आ जाता और मेरे सिर के पास हलचल करने लगता।

वह भूखा था। मगर उसे सिर और पाँव की समझ कैसे आई? वह मेरे पाँवों की तरफ गड़बड़ नहीं करता था। सीधे सिर की तरफ आता और हलचल करने लगता। एक दिन वह मच्छरदानी में घुस गया।

मैं बड़ा परेशान। क्या करूँ? इसे मारूँ और यह किसी आलमारी के नीचे मर गया, तो सड़ेगा और सारा घर दुर्गन्ध से भर जायगा। फिर भारी आलमारी हटाकर इसे निकालना पड़ेगा।

चूहा दिन भर भड़भड़ाता और रात को मुझे तंग करता। मुझे नींद आती, मगर चूहाराम फिर मेरे सिर के पास भड़भड़ाने लगते।

आखिर एक दिन मुझे समझ में आया कि चूहे को खाना चाहिये।

उसने इस घर को अपना घर मान लिया है। वह चूहे के अधिकारों के प्रति सचेत है। वह रात को मेरे सिरहाने आकर शायद यह कहता है— क्यों बे, तू आ गया है। भर पेट खा रहा है। मगर मैं भूखा मर रहा हूँ। मैं इस घर का सदस्य हूँ। मेरा भी हक है। मैं तेरी नींद हराम कर दूंगा।

तब मैंने उसकी माँग पूरी करने की तरकीब निकाली।

रात को मैंने भोजन का डब्बा खोला, तो पापड़ के कुछ टुकड़े यहाँ-वहाँ डाल दिये। चूहा कहीं से निकला और एक टुकड़ा उठाकर आलमारी के नीचे बैठकर खाने लगा। भोजन पूरा करने के बाद मैंने रोटी के कुछ टुकड़े फर्श पर बिखरा दिये। सुबह देखा कि वह सब खा गया है।

एक दिन बहन ने चावल के पापड़ भेजे। मैंने तीन-चार टुकड़े फर्श पर डाल दिये। चूहा आया, सूंघा और लौट गया। उसे चावल पापड़ पसंद नहीं। मैं चूहे की पसंद से चमत्कृत रह गया। मैंने रोटी के कुछ टुकड़े डाल दिये। वह एक के बाद एक टुकड़ा लेकर जाने लगा।

अब यह रोजमर्रा का काम हो गया। मैं डब्बा खोलता, तो चूहा निकलकर देखने लगता। मैं एक-दो टुकड़े डाल देता। वह उठाकर ले जाता। पर इतने से उसकी भूख शांत नहीं होती थी। मैं भोजन करके रोटी के टुकड़े फर्श पर डाल देता। वह रात को उन्हें खा लेता और सो जाता।

इधर मैं भी, चैन की नींद सोता। चूहा मेरे सिर के पास गड़बड़ नहीं करता।

फिर वह कहीं से अपने एक भाई को ले आया। कहा होगा-- चल रे मेरे साथ उस घर में। मैंने उस रोटी वाले को तंग करके, डराके, खाना निकलवा लिया है। चल दोनों खायेंगे। उसका बाप हमें खाने को देगा। वरना हम उसकी नींद हराम कर देंगे। हमारा हक है।

अब दोनों चूहाराम मज़े में खा रहे हैं।

मगर मैं सोचता हूँ—आदमी क्या चूहे से भी बदतर हो गया है? चूहा तो अपनी रोटी के हक के लिए मेरे सिर पर चढ़ जाता है। मेरी नींद हराम कर देता है?

इस देश का आदमी कब चूहे की तरह करेगा?

अकाल-उत्सव

दरारों वाली सपाट सूखी भूमि नपुंसक पति की संतानेच्छु पत्नी की तरह बेकल नंगी पड़ी है।

अकाल पड़ा है।

पास ही एक गाय अकाल के समाचार वाले अखबार को खाकर पेट भर रही है। कोई 'सर्वे' वाला अफसर छोड़ गया होगा। आदमी इस मामले में गाय-बैल से भी गया-बीता है। गाय तो इस अखबार को भी खा लेती है, मगर आदमी उस अखबार को भी नहीं खा सकता जिसमें छपा है कि अमेरिका से अनाज के जहाज चल चुके हैं। एक बार मैं खा गया था। एक कालम का 6 पंक्तियों का समाचार था। मैंने उसे काटा और पानी के साथ निगल गया। दिन भर भूख नहीं लगी। आज-कल अखबारों में आधे पृष्ठों पर सिर्फ अकाल और भुखमरी के समाचार छपते हैं। अगर अकालग्रस्त आदमी सड़क पर पड़ा अखबार उठाकर उतने पन्ने खा ले, तो महीने भर भूख नहीं लगे। पर इस देश का आदमी मूर्ख है। अन्न खाना चाहता है। भुखमरी के समाचार नहीं खाना चाहता।

हर साल बसंत आता है। हर साल मंगल वर्षा आती है। हर साल शारदोत्सव आता है।

हर साल अकाल आता है जैसे हर साल स्वाधीनता दिवस और

गणतन्त्र दिवस आते हैं। ये मंगल-उत्सव अपने आप आते हैं। शरद में कोई चाँद की प्रार्थना नहीं करता कि हे अमृतघट, उत्सव के लिए अमृत बरसा।

मगर अकाल के लिए बड़ी प्रार्थनाएँ, बड़े अनुष्ठान करते हैं। अकाल के लिए इन्द्र-पूजा होती है। पहले इन्द्र-पूजा वर्षा के लिए होती थी। मगर अब अवर्षा के लिए इन्द्र-पूजा होती है। कृष्ण का गोवर्द्धन पर्वत कुछ दिनों में धूल होकर बिखर जायगा। इन्द्र का कोप अब भीषण वर्षा में नहीं अवर्षा में प्रगट होता है। गोवर्द्धन को तस्करी यूरोप में बेच डालेंगे।

बड़ी प्रार्थना होती है। जमाखोर और मुनाफाखोर साल भर अनुष्ठान कराते हैं। स्मगलर महाकाल को नरमुण्ड भेंट करता है। इंजीनियर की पत्नी भजन गाती हैं—'प्रभु, कष्ट हरो सबका।' भगवन, पिछले साल अकाल पड़ा था तब सक्सेना और राठौर को आपने राहत कार्य दिलवा दिया था। प्रभो, इस साल भी इधर अकाल कर दो और 'इनको' राहत कार्य का इन्चार्ज बना दो। तहसीलदारिन, नायबिन, ओवरसीअरन सब प्रार्थना करती हैं। सुना है विधायक-भार्या और मंत्री प्रिया भी अनुष्ठान कराती हैं। जाँच कमीशन के बावजूद मैं ऐसा पापमय विचार नहीं रखता। इतने अनुष्ठानों के बाद इन्द्र देव प्रसन्न होते हैं और इलाके के तरफ से नल का कनेक्शन काट देते हैं।

हर साल वसंत !

हर साल शरद !

हर साल अकाल !

फिर अकाल-उत्सव क्यों न हो जाय ? इसे मनाने की एक निश्चित विधि होती है, जैसे दूसरे उत्सवों की होती है। गणतंत्र दिवस पर परेड होती। अकाल में सस्ते गल्ले की राशन दुकान पर भी परेड होती है और ज्यादा जोश से होती है। गणतंत्र परेड कुछ घण्टे होती है, अकाल

परेड महीने में हर रोज़ होती है। राशन दुकान पर खाली झोला लिए खड़ी फौज़ में उन फौजियों से ज्यादा जोश होता है।

साल में 10 महीने पहलवान ऐलान करता है—इस साल वो रियाज़ किया है कि कोई अखाड़े में मुकाबले में नहीं उतर सकता। चुनौती देता हूँ—कोई अप्रैल-मई में लड़ ले। मगर पहलवान को अप्रैल में टाइफाइड हो जाता है और वह कहता है—अब मैं लाचार हूँ। टाइफाइड ने सारी बादाम उतार दी।

मंत्री लोग ऐसे ही पहलवान हैं—नौ महीने ताल ठोंकते हैं—अन्न का अभाव सामने आने की हिम्मत नहीं कर सकता। इतने लाख क्विंटल का स्टाक होगा। 'लेव्ही' ली जायगी। लड़ ले कोई जमाखोर—पछाड़ दिया जायगा।

मगर मई आते ही उसे भी टाइफाइड हो जाता है। कहता है—क्या करूँ? जमाखोरी का 'टाइफाइड' सरकार को हो गया। विरोधी तो विरोधी, अपनी पार्टी के लोग भी रोग के कीटाणु लिए हैं। दवा लेने अमेरिका भेजा है आदमी। मई में वीर मंत्रियों को भी बादाम उतर जाती है।

इधर मैंने देखा, उलटी 'लेव्ही' ली जाने लगी है। एक शहर में भारतीय निगम के गोदाम से गलत नम्बर प्लेट के ट्रक में लदकर 150 बोरे गेहूँ जा रहा था कि फाटक पर चौकीदार ने पकड़ लिया। उसने पूछा—यह 'लेव्ही' का गेहूँ कहाँ जा रहा है? विभाग के आदमी ने कहा—तुम्हें नया कानून नहीं मालूम? नये कानून के मुताबिक खाद्य निगम खुद लेव्ही देगा। वही लेव्ही है यह, जो जमाखोर को दी जा रही है। नये आर्डर पूछ लिया करो।

मैं एक विधायक से पूछता हूँ—अकाल की स्थिति कैसी है?

वह चिंतित होता है। मैं समझता हूँ, यह अकाल से चिंतित है।

मुझे बड़ा संतोष होता है।

वह जवाब देता है—हाँ, अकाल तो है, पर ज्यादा नहीं है। कोशिश करने से जीता जा सकता है। सिर्फ 11 विधायक हमारी तरफ आ जायें, तो हमारी मिनिस्ट्री बन सकती है।

हर आदमी का अपना अकाल होता है। इनका अकाल दूसरा है। इन्हें सिर्फ 11 'क्विंटल' विधायक मिल जायें, तो अकाल समस्या हल हो जाय—सत्ता की।

दिन में यह सब सोचता हूँ और रात को मुझे विचित्र सपने आते हैं।

एक रात सपना आया—राष्ट्र ने अकाल-उत्सव मनाना तय कर लिया है। कई क्षेत्रों में हो रहा है। एक क्षेत्र में अकाल-उत्सव मैंने सपने में देखा।

आस-पास के 4-5 गाँवों के किसान, स्त्रियाँ, बच्चे इकट्ठे थे।

पंडाल सजाया गया था। मंत्री अकाल-समारोह का उद्घाटन करने आने वाले थे। पटवारी ने भूखों से चंदा करके गुलाबों की मालाएँ कस्बे से बुलवा ली थीं।

स्त्रियाँ खाली मंगल घटों में सूखे नाले के किनारे की घास रखकर कतार में चल रही थीं। वे गा रही थीं—

'अबके बरस मेघा फिर से न बरसो, मंगल पड़े अकाल रे।'

ओवरसीयर और मेंट उनमें से अपने लिए छाँट रहे थे—

—साब, उसे देखो कैसी मटकती है।

—अरे, मगर इस सामने वाली को तो देख! दो बार पूरी रोटी खा ले तो परी हो जाय।

—मगर साब, सुना है, तहसीलदार साब भी तबियत फेंक देते हैं।

—अरे, तो 'थ्रू प्रापर चेनल'! सरकारी नियम हम थोड़े ही तोड़ेंगे।

हड्डी ही हड्डी। पता नहीं किस गोंद से इन हड्डियों को जोड़कर

आदमी के पुतले बनाकर खड़े कर दिये गये हैं।

यह जीवित रहने की इच्छा की गोंद है। यह हड्डी जोड़ देती है। आँतें जोड़ देती है।

सिर मील भर दूर पड़ा हो तो जुड़ जाता है।

जीने की इच्छा की गोंद बड़ी ताकतवर होती है।

पर सोचता हूँ ये जीवित क्यों हैं।

ये मरने की इच्छा को खाकर जीवित हैं। ये रोज कहते हैं—इससे तो मौत आ जाय तो अच्छा !

पर मरने की इच्छा को खा जाते हैं। मरने की इच्छा में पोषक तत्त्व होते हैं।

जीने की इच्छा गोंद होती है जो शरीर जोड़े रखती है।

मरने की इच्छा में पोषक तत्त्व होते हैं।

अकाल-उत्सव शुरू हुआ।

उत्सव में कवि जरूरी होते हैं। वह उत्सव का 'मूड' बनाते हैं। वहाँ दो कवि भी थे जो समयानुकूल कविता बना लाये थे।

विधायक ने संक्षिप्त भाषण दिया—बड़े सौभाग्य का विषय है कि मंत्री महोदय हमारे बीच पधारे हैं। उन्हें कई उत्सवों का निमंत्रण था, पर इस क्षेत्र के अकाल से उन्हें विशेष प्रेम है, इसलिए वे यहीं पधारे। हम उनका स्वागत करते हैं।

माला पड़ी और तालियाँ पिटीं।

सबसे खूबसूरत तालियाँ पीटीं मंत्रीजी के आसपास बैठे जमाखोर, मुनाफाखोर, चोर बाजारिये और इनके सरकारी मौसेरे भाइयों ने। तब मंत्री जी ने भाषण दिया—

"मैं आपका आभारी हूँ कि इस अकाल-उत्सव के उद्घाटन के लिए आपने मुझे आमंत्रित किया। अकाल भारत की पुरानी परम्परा है। आप जानते हैं कि भगवान राम के राज्य में भी अकाल पड़ा था। हमारे राज में भी अकाल पड़ता है। हम गांधीजी के आदेश के अनुसार राम-

राज ला रहे हैं। अकाल राम-राज का आधार है। मर्यादा पुरुषोत्तम भगवान राम राम-राज का स्वर्ग नहीं ला सकते थे, यदि अकाल न पड़ता। इसलिए अकाल का स्वागत करना चाहिए। अकाल के बिना राम-राज नहीं आ सकता। मेरे विपक्षी मित्र जो भारतीय संस्कृति के पूजक हैं, मुझसे सहमत होंगे कि अकाल हमारी महान् भारतीय संस्कृति का एक प्रमुख तत्त्व है। द्रोणाचार्य जैसे वीर तक भूखे मरते थे।

मेरी इच्छा है, आप खूब खुशी के साथ अकाल-उत्सव मनायें। हम घोर संकट में भी प्रसन्न रहते हैं। आप जानते हैं, प्रियजन की मौत के बाद हम श्राद्ध करते हैं तब हाथ पर मल कर शुद्ध घी की परीक्षा करते हैं और उसका लड्डू खाते हैं।

मैं अधिक समय नहीं लूँगा क्योंकि रेस्ट हाऊस में मेरा मुर्गा पक गया होगा। मेरी कामना है कि उत्सव सफल हो।"

वे बैठ गये।

इसके बाद दो कविताएँ हुईं—एक गम्भीर और दूसरी हास्य रस की।

गंभीर कवि ने पढ़ा—

स्वागत अकाल ! स्वागत अकाल !
भारत के गौरव के प्रतीक,
गाँधी के सपने के प्रतीक
गोदामों में रखी सुरक्षित
हरित क्रांति के प्रिय प्रतीक
मनु भी करते बैठे जुगाल !
स्वागत अकाल ! स्वागत अकाल !

फिर हास्य रस की कविता कवि 'मामा' ने पढ़ी—

मामी बोली मामा से देखो
रोटी तो बिल्ली निगल गई

मामा बोले रोटी वापस लेने को
तुम निगलो बिल्ली को तुरंत !

इसके बाद थोड़ी और औपचारिकता के बाद समारोह समाप्त हुआ क्योंकि रेस्ट हाऊस में मुर्गे पक कर बाँग देने लगे थे। दूसरे दिन से राहत कार्य शुरू हो गये।

× × ×

मुझे सपने बहुत आते हैं।

मैं देखता हूँ—भूखे बिलबिला रहे हैं। मजदूरी पूरी नहीं मिलती। मिलती है तो दाना नहीं मिलता। मिलता है तो महंगा मिलता है। महंगा मिलता है, तो उसमें न जाने क्या-क्या कचरा मिला रहता है।

भूखे और अधमरे चिल्लाते हैं—रोटी नहीं तो उत्सव काहे का ! उत्सव फेल हो गया।

× × ×

मुझे एक सपना और आता है। कुछ दूसरी पार्टियों के लोग सेठों, जमाखोरों, सूदखोरों, मुनाफाखोरों को लेकर जाते हैं और लोगों से कहते हैं—

तुम्हें रोटी नहीं मिलती। रोटी नहीं मिलती क्योंकि गल्ला नहीं मिलता। गल्ला क्यों नहीं मिलता, क्योंकि ये लोग जो आये हैं, इनका गल्ला सरकार ने दबा लिया है। जबरदस्ती दबा लिया है।

आप लोग बताओ—पीढ़ियों से गल्ला तुम किन्हें बेचते थे ?

लोग बोले—इन आपके साथ के लोगों को। मगर ये लोग—

नेता लोग बोले—'मगर' बंद करो अब। इस सरकार ने इनका खरीदना बंद कर दिया है। फिर बताओ—गल्ला तुम कौन से लेते थे ?

लोग बोले—इन्हीं से। मगर—

नेता बोले—पर सरकार ने इनका बेचना भी बंद कर दिया है।

लोगों ने कहा—तो हम लोग क्या करें ? किसके ईमान पर भरोसा करें ?

नेता बोले—अब हमारी बात मानो। इस सरकार का अकाल-उत्सव तुम लोग भुगत चुके। इस सरकार को बदलो। अब हमें वोट दो। हमें विधान सभा और संसद में भेजो। हमारी सरकार बनवाओ। तुम देखोगे कि तुम सब सुखी हो जाओगे। खरीदने वाले खरीदेंगे और बेचने वाले बेचेंगे। यही आदिकाल से चला आ रहा है। यही सनातन धर्म है। हमारे अकाल-उत्सव से तुम्हें कोई शिकायत नहीं होगी।

लोग बोले—मगर…

नेता बोले—तुम बार-बार 'मगर' क्यों बोलते हो?

'मगरमच्छ' बोलो न!

× × ×

मुझे फिर सपना आता है। मैं सपनों से परेशान हूँ। वे कितने सुखी हैं, जिन्हें सपने नहीं आते। मुझे लगने लगा है कि वही सुख की गहरी नींद सोता है, जिसे सपने नहीं आते। मेरा पहले ख्याल था कि सूअर और कुत्ता ऐसे प्राणी हैं जिन्हें सपने नहीं आते। पर अब अन्न का दाना न मिलने से चूहे को भी सपने आते हैं।

सपने में देखता हूँ कि भूखे लोग तरह-तरह की सरकारें बनाते हैं। अकाल-उत्सव भी मनाते हैं। बड़ा आनंद है। पर रोटी नहीं मिलती। अन्न नहीं मिलता।

"अथा तो ब्रह्म जिज्ञासा!" मैं दार्शनिक हो जाता हूँ। ऋषि शिष्य से ब्रह्म के रूप के बारे में चिंतन करने को कहता है। जिज्ञासु शिष्य उपवास करके चिंतन करता है और भूखा ब्रह्मचारी आकर कहता है—गुरु, अन्नं ब्रह्म। अन्न ही ब्रह्म है, गुरु! अन्न! अन्न! इसके बाद ही 'आनन्द ब्रह्म' है।

इधर हलचल बढ़ रही है।

न जाने कौन इन लोगों को समझाते हैं कि जो सरकार अकाल को उत्सव मानेगी, रोटी नहीं देगी।

मगर लोगों की उत्सव मनाने की आदत पड़ गई है।

उत्सव का रूप चाहे बदले, उत्सव मनायेंगे।

× × ×

मुझे भयंकर सपना आता है।

देखता हूँ कि अकाल-उत्सव के मूड में ढोलक बजाकर नाचते-गाते भूखे, अधमरे राजधानी में आ गये हैं और बड़ा भयकारी दृश्य मुझे दिखता है।

एक विधायक पहचान का मिलता है। उसका एक हाथ ही नहीं है। आस्तीन से खून टपक रहा है।

मैं पूछता हूँ—यह क्या हो गया ?

वह कहता है—वही अकाल-उत्सव वाले लोग मेरा हाथ खा गये।

किसी विधायक की टाँग खा ली गई है। किसी मंत्री की नाक चबा ली गई है, किसी का कान !

भीड़ बढ़ती जाती है।

विधायक और मंत्रीगण भाग रहे हैं।

एकाएक सैकड़ों जमाखोरों और मुनाफाखोरों को लोग पकड़ लाते हैं और उन्हें भून रहे हैं। कहते हैं—तुम्हारी भूख इतनी विकट है कि अपना ही भुना गोश्त खाये बिना तुम्हारा पेट नहीं भरेगा।

हमें खाओगे तो भूखे रह जाओगे। हम में खाने लायक कितना कम है।

अब वे पुलिस और रायफल की राह देख रहे हैं।

सारे विधान भवनों में सन्नाटा !

संसद और उसके अहाते में सन्नाटा !

अब ये भूखे क्या खायें ? भाग्य-विधाताओं और जीवन के थोक ठेकेदारों की नाक खा गये, कान खा गये, हाथ खा गये, टाँग खा गये। वे सब भाग गये। अब क्या खायें ?

अब क्या खायें ? आखिर वे विधान-सभा और संसद की इमारतों के पत्थर और ईंटें काट-काट कर खाने लगे।

भयंकर सपना ! मेरी नींद टूट गई। मैं पसीने से लथपथ हो जाता हूँ। घबड़ाहट होती है। क्या करूँ ? सपना ही तो है—यह सोचकर शांत होना चाहता हूँ।

× × ×

मगर चैन नहीं मिलती। मानस चतुश्शती वर्ष है, इसलिए मैं 'रामचरितमानस' श्रद्धापूर्वक फिर से पढ़ रहा हूँ। मैं 'रामचरितमानस' उठा लेता हूँ। इससे शांति मिलेगी।

यों ही कोई पृष्ठ खोल लेता हूँ।

संयोग से 'लंका काण्ड' निकल पड़ता है।

मैं पढ़ता हूँ। अशोक वाटिका में त्रिजटा सीताजी को धीरज बंधाती है—

त्रिजटा को भी मेरी तरह सपना आया था।

त्रिजटा मुझसे अधिक देखती और समझती थी। उसे बहुत आगे दिखता था। वह कहती है—

यह सपना मैं कहौं विचारी।
हुइहै सत्य गये दिन चारी॥

दो नाक वाले लोग

मैं उन्हें समझा रहा था कि लड़की की शादी में टीमटाम में व्यर्थ खर्च मत करो।

पर वे बुजुर्ग कह रहे थे—आप ठीक कहते हैं, मगर रिश्तेदारों में नाक कट जायगी।

नाक उनकी काफी लम्बी थी। मेरा ख्याल है, नाक की हिफाज़त सबसे ज्यादा इसी देश में होती है। और या तो नाक बहुत नर्म होती है या छुरा तेज जिससे छोटी-सी बात से भी नाक कट जाती है। छोटे आदमी की नाक बहुत नाजुक होती है। यह छोटा आदमी नाक को छिपाकर क्यों नहीं रखता?

कुछ बड़े आदमी, जिनकी हैसियत है, इस्पात की नाक लगवा लेते हैं और चमड़े का रंग चढ़वा लेते हैं। कालाबाजार में जेल हो आये हैं। औरत खुले आम दूसरे के साथ 'बॉक्स' में सिनेमा देखती है। लड़की का सार्वजनिक गर्भपात हो चुका है। लोग उस्तरा लिये नाक काटने को घूम रहे हैं। मगर काटें कैसे? नाक तो स्टील की है। चेहरे पर पहले जैसी ही फिट है और शोभा बढ़ा रही है।

स्मगलिंग में पकड़े गये हैं। हथकड़ी पड़ी है। बाजार में से ले जाये जा रहे हैं। लोग नाक काटने को उत्सुक हैं। पर वे नाक को तिजोड़ी में रखकर स्मगलिंग करने गये थे। पुलिस को खिला-पिला कर बरी होकर

लौटेंगे और नाक फिर पहन लेंगे।

जो बहुत होशियार हैं, वे नाक को तलवे में रखते हैं। तुम सारे शरीर में ढूँढ़ो, नाक ही नहीं मिलती। नातिन की उम्र की दो लड़कियों से बलात्कार कर चुके हैं। जालसाजी और बैंक को धोखा देने में पकड़े जा चुके हैं। लोग नाक काटने को उतावले हैं, पर नाक मिलती ही नहीं। वह तो तलवे में है। कोई जीवशास्त्री अगर नाक की तलाश भी कर दे तो तलवे की नाक काटने से क्या होता है ? नाक तो चेहरे पर की कटे, तो कुछ मतलब होता है।

और जो नाक रखते ही नहीं हैं, उन्हें तो कोई डर ही नहीं है दो छेद हैं, जिनसे साँस ले लेते हैं।

कुछ नाकें गुलाब के पौधे की तरह होती हैं। कलम कर दो तो और अच्छी शाखा बढ़ती है और फूल भी बढ़िया लगते हैं। मैंने ऐसी फूल-वाली खुशबूदार नाकें बहुत देखी हैं। जब खुशबू कम होने लगती है, ये फिर कलम करा लेते हैं, जैसे किसी औरत को छेड़ दिया और जूते खा गये।

'जूते खा गये'—अजब मुहावरा है। जूते तो मारे जाते हैं। वे खाये कैसे जाते हैं ! मगर भारतवासी इतना भुखमरा है कि जूते भी खा जाता है।

नाक और तरह से भी बढ़ती है। एक दिन एक सज्जन आये। बड़े दुखी थे। कहने लगे—हमारी तो नाक कट गयी। लड़की ने भागकर एक विजातीय लड़के से शादी कर ली। हम ब्राह्मण और लड़का कलाल। नाक कट गई।

मैंने उन्हें समझाया कि कटी नहीं है, कलम हुई है। तीन-चार महीनों में और लम्बी बढ़ जायगी।

3-4 महीने बाद वे मिले तो खुश थे। नाक भी पहले से लम्बी हो गयी थी। मैंने कहा—नाक तो पहले से लम्बी मालूम होती है।

वे बोले—हाँ, कुछ बढ़ गई है। काफी लोग कहते हैं—आपने बड़ा क्रान्तिकारी काम किया। कुछ बिरादरी वाले भी कहते हैं। इसीलिए नाक बढ़ गई है।

कुछ लोग मैंने देखे हैं, जो कई साल अपने शहर की नाक रहे हैं। उनकी नाक अगर कट जाय, तो सारे शहर की नाक कट जाती है। अगर उन्हें संसद का टिकिट न मिले, तो सारा शहर नकटा हो जाता है। पर अभी मैं एक शहर गया तो लोगों से पूछा—फलां साहब के क्या हाल हैं ? वे इस शहर की नाक हैं। तभी एंक मसखरे ने कहा—हाँ साहब, वे अभी भी शहर की नाक हैं। मगर 'छिनकी हुई'। (यह वीभत्स रस है, रस-सिद्धान्त-प्रेमियों को अच्छा लगेगा)

मगर बात मैं उन सज्जन की कर रहा था, जो मेरे सामने बैठे थे और लड़की की शादी पुराने ठाठ से ही करना चाहते थे। पहले वे रईस थे—याने मध्यम हैसियत के रईस। अब गरीब थे। बिगड़ा रईस और बिगड़ा घोड़ा एक तरह के होते हैं—दोनों बौखला जाते हैं। किससे उधार लेकर खा जायें, ठिकाना नहीं। उधर बिगड़ा घोड़ा किसे कुचल दे ठिकाना नहीं। आदमी को बिगड़े रईस और बिगड़े घोड़े दोनों से दूर रहना चाहिए। मैं भरसक कोशिश करता हूँ। मैं तो मस्ती से डोलते आते साँड़ को देखकर भी सड़क के किनारे की इमारत के बरामदे में चढ़ जाता हूँ—बड़े भाई साहब आ रहे हैं। इनका आदर करना चाहिये।

तो जो भूतपूर्व सम्पन्न बुजुर्ग मेरे सामने बैठे थे, वे प्रगतिशील थे। लड़की का अंतरजातीय विवाह कर रहे थे। वे खत्री और लड़का शुद्ध कान्यकुब्ज। वे खुशी से शादी कर रहे थे। पर उनमें विरोधाभास यह था कि शादी ठाठ से करना चाहते थे। बहुत लोग एक परम्परा से छुटकारा पा लेते हैं पर दूसरी से बँधे रहते हैं। रात को शराब की पार्टी से किसी ईसाई दोस्त के घर से आ रहे हैं, मगर रास्ते में हनुमान का मंदिर दिख जाय, तो थोड़ा तिलक भी सिंदूर का लगा लेंगे। मेरा एक घोर

नास्तिक मित्र था। हम घूमने निकलते तो रास्ते में राममंदिर देखकर वे कह उठते—हरे राम ! बाद में पछताते भी थे।

तो मैं उन बुजुर्ग को समझा रहा था—आपके पास रुपये हैं नहीं। आप कर्ज लेकर शादी का ठाठ बनायेंगे। पर कर्ज चुकायेंगे कहाँ से? जब आपने इतना नया कदम उठाया है, कि अंतरजातीय विवाह कर रहे हैं, तो विवाह भी नये ढंग से कीजिये। लड़का कान्यकुब्ज का है। बिरादरी में शादी करता तो कई हजार उसे मिलते। लड़के शादी के बाजार में मवेशी की तरह बिकते हैं। अच्छा मालवी बैल और हरयाणा की भैंस ऊँची कीमत पर बिकती है। लड़का इतना त्याग तो लड़की के प्रेम के लिए कर चुका। फिर भी वह कहता है—अदालत जाकर शादी कर लेते हैं। बाद में एक पार्टी कर देंगे। आप आर्य-समाजी हैं। घण्टे भर में रास्ते में आर्य-समाज मंदिर में वैदिक रीति से शादी कर डालिये। फिर 3-4 सौ रुपयों की एक पार्टी दे डालिये। लड़के को एक पैसा भी नहीं चाहिये। लड़की के कपड़े वगैरह मिलाकर शादी हजार में हो जायगी।

वे कहने लगे—बात आप ठीक कहते हैं। मगर रिश्तेदारों को तो बुलाना ही पड़ेगा। फिर जब वे आयेंगे तो इज्जत के खयाल से सजावट, खाना, भेंट वगैरह देनी होगी।

मैंने कहा—आपका यहाँ तो कोई रिश्तेदार है नहीं। वे हैं कहाँ?

उन्होंने जवाब दिया— वे पंजाब में हैं। पटियाला में ही तीन करीबी रिश्तेदार हैं। कुछ दिल्ली में हैं। आगरा में हैं।

मैंने कहा—जब पटियाला वाले के पास आपका निमंत्रण-पत्र पहुँचेगा, तो पहले तो वह आपको दस गालियाँ देगा—मई का यह मौसम, इतनी गर्मी। लोग तड़ातड़ लू से मर रहे हैं। ऐसे में इतना खर्च लगाकर जबलपुर जाओ। कोई बीमार हो जाय तो और मुसीबत। पटियाला या दिल्ली वाला आपका निमंत्रण पाकर खुश नहीं, दुखी होगा। निमंत्रण-पत्र न मिला तो वह खुश होगा और बाद में बात बनायेगा। कहेगा—आजकल जी, डाक की इतनी गड़बड़ी हो गयी है कि निमंत्रण-पत्र ही

नहीं मिला। वरना ऐसा हो सकता था कि हम न आते?

मैंने कहा—मैं आपसे कहता हूँ कि दूर से रिश्तेदार का निमन्त्रण-पत्र मुझे मिलता है, तो मैं घबड़ा उठता हूँ।

सोचता हूँ—जो ब्राह्मण ग्यारह रुपये में शनि को उतार दे, 25 रुपयों में सगोत्र विवाह करा दे, मंगली लड़की का मंगल पन्द्रह रुपयों में उठाकर शुक्र के दायरे में फेंक दे, वह लग्न सितम्बर से लेकर मार्च तक सीमित क्यों नहीं कर देता? मई और जून की भयंकर गर्मी की लग्नें गोल क्यों नहीं कर देता? वह कर सकता है। और फिर ईसाई और मुसलमानों में जब बिना लग्न शादी होती है, तो क्या वर-वधू मर जाते हैं? आठ प्रकार के विवाहों में जो 'गन्धर्व विवाह' है, वह क्या है? वह यही है जो आज होने लगा है कि लड़के-लड़की भागकर कहीं शादी कर लेते हैं। इधर लड़की का बाप गुस्से में पुलिस में रिपोर्ट करता है कि अमुक लड़का हमारी 'नाबालिग' लड़की को भगा ले गया है। मगर कुछ नहीं होता क्योंकि लड़की मैट्रिक का सर्टिफिकेट साथ ले जाती है जिसमें जन्म-तारीख होती है।

वे कहने लगे—नहीं जी, रिश्तेदारों में नाक कट जायगी।

मैंने कहा—पटियाला से इतना किराया लगाकर नाक काटने इधर कोई नहीं आयगा। फिर पटियाला में कटी नाक को इधर कौन देखेगा? काट लें पटियाला में।

वे थोड़ी देर गुमसुम बैठे रहे।

मैंने कहा—देखिये जी, आप चाहें तो मैं पुरोहित हो जाता हूँ और घण्टे भर में शादी करा देता हूँ।

वे चौंके, कहने लगे—आपको शादी कराने की विधि आती है?

मैंने कहा—हाँ, ब्राह्मण का बेटा हूँ। बुजुर्गों ने सोचा होगा कि लड़का नालायक निकल जाय और किसी काम-धन्धे के लायक न रहे, तो इसे कम से कम सत्यनारायण की कथा और विवाह-विधि सिखा दो। ये मैं

बचपन में ही सीख गया था ।

मैंने आगे कहा—और बात यह है कि आजकल कौन संस्कृत समझता है ? और पंडित क्या कह रहा है, इसे भी कौन सुनता है । वे तो 'अम' और 'अह' इतना ही जानते हैं । मैं इस तरह मंगल श्लोक पढ़ दूँ तो भी कोई ध्यान नहीं देगा—

ओम् जेक एंड जिल वेंट अप दी हिल टु फेच ए पेल आफ वाटरम्
ओम् जेक फैल डाउन एंड ब्रोक हिज क्राऊन एंड जिल केम टम्बलिंग
आफ्टरम्
—कुर्यात् सदा मंगलम्

इसे लोग वैदिक मन्त्र समझेंगे ।

वे हँसने लगे ।

मैंने कहा—लड़का उत्तरप्रदेश का कान्यकुब्ज और आप पंजाब के खत्री—एक दूसरे के रिश्तेदारों को कोई नहीं जानता । आप एक सलाह मेरी मानिये । इससे कम में भी निपट जायगा और नाक भी कटने से बच जायगी । लड़के के पिता की मृत्यु हो चुकी है । आप घण्टे भर में शादी करवा दीजिये । फिर रिश्तेदारों को चिट्ठियाँ लिखिए—इधर लड़के के पिता को दिल का तेज दौरा पड़ा । डाक्टरों ने उम्मीद छोड़ दी थी । 2-3 घण्टे वे किसी तरह जी सकते थे । उन्होंने इच्छा प्रकट की कि मृत्यु के पहले लड़के की शादी हो जाय तो मेरी आत्मा को शांति मिल जायगी। लिहाजा उनकी भावना को देखते हुए हमने फौरन शादी कर दी । लड़का-लड़की वर-वधू के रूप में उनके सामने आये । उनके चरणों पर सिर रखे, उन्होंने इतना ही कहा—सुखी रहो । और उनके प्राणपखेरू उड़ गये । आप माफ करेंगे कि इसी मजबूरी के कारण हम आपको शादी में नहीं बुला सके ।

कौन जानता है आपके रिश्तेदारों में कि लड़के के पिता की मृत्यु कब हुई ?

उन्होंने सोचा। फिर बोले—तरकीब ठीक है जी। पर इस तरह की धोखा-धड़ी मुझे पसद नहीं।

खैर, मैं उन्हें काम का आदमी लगा नहीं।

दूसरे दिन मुझे बाहर जाना पड़ा। दो-तीन महीने बाद लौटा तो लोगों ने बताया कि उन्होंने सामान और नकद लेकर शादी कर डाली।

तीन-चार दिन बाद से ही साहूकार सबेरे से तकादा करने आने लगे।

रोज उनकी नाक थोड़ी-थोड़ी कटने लगी।

मैंने पूछा—अब क्या हाल है?

लोग बोले—अब साहूकार आते हैं, तो यह देखकर निराश लौट जाते हैं कि काटने को नाक ही नहीं बची।

मैंने मजाक में कहा—साहूकारों से कह दो कि इनकी दूसरी नाक पटियाला में पूरी रखी है। वहां जाकर काट लो।

एक के भीतर दो आदमी

वे मेरे मित्र हैं, परम मित्र। वे यह कहानी पढ़ेंगे और मैं विश्वास से कह सकता हूँ कि वे इसे पढ़कर नाखुश नहीं बहुत खुश होंगे। यात्रा में मैं उनके साथ जाता हूँ, तो होटल का सारा बिल वही चुकाते हैं। मैं देने लगता हूँ, तो हाथ पकड़ लेते हैं—"खबरदार, ऐसी गुस्ताखी कभी मत करना।" वे सैकड़ों रुपये मेरे ऊपर खर्च कर देते हैं। पर मैं कभी उनसे दस रुपये माँगूँ तो कहते हैं—कहाँ रखे हैं यार पैसे। हमारे लिए तो दवा के लिए पैसे नहीं जुट पा रहे हैं। तुम्हें कहाँ से दस रुपये दे दें?

यों मैं घण्टे भर उनके पीछे पड़कर दस रुपये उनसे ले लेता हूँ। मैं उठकर कहता हूँ—ठीक है। अब किसी और शहर में जाकर रहना पड़ेगा। यहाँ हमें कोई दस रुपये देने वाला भी नहीं है।

तो जेब से नोट निकालकर वे कहते हैं—क्या फालतू बात करते हो यार! लो।

मैं हर बार सोचता रह जाता हूँ कि ये ऐसे क्यों हैं। सैकड़ों रुपये मेरे ऊपर खर्च कर देंगे, पर थोड़े से पैसे के लिए मना कर देंगे। सुना है, बनिया मंदिर में भगवान का मुकुट बनवा देगा, पर किसी को नकद एक पैसा भी नहीं देगा। मगर वे बनिये भी नहीं हैं। साधारण सम्पन्न, सुसंस्कृत आदमी हैं। पर यह मामला क्या है? यह किस तरह का चरित्र है?

वे और हम दो मित्र उनकी कार में लम्बी यात्रा पर जा रहे थे। कार उनकी, पेट्रोल उनका। रास्ता मजे में कट रहा था। खूब हँसी-मजाक चल रहे थे। एक दूसरे को 'छील' रहे थे। कुछ गैरहाजिर बड़ों को नंगा कर रहे थे।

रास्ते में एक-दो अच्छे होटल पड़े तो सोचा नाश्ता कर लिया जाय। ड्राइवर समेत हम चार आदमी थे। आमलेट, टोस्ट, काफी—खूब खाया। बिल लगभग 10 रुपये हुआ। होटल मालिक से बिना कुछ जिरह के उन्होंने दस रुपये दे दिये।

अब पान खाने की बारी आई। पान के ठेले पर गये तो वे पूछने लगे—सिंगल पान कितने का देते हो ? पान वाले ने कहा—सात पैसे का। वे बोले– वाह, हमारे शहर में तो 6 पैसे का मिलता है। अजब धाँधली मचा रखी है, तुम लोगों ने।

मैं बड़े पसोपेश में पड़ा। अभी उन्होंने बिना भाव-ताव के दस रुपये होटल वाले को दे दिये थे और अब एक पैसे के लिए पान वाले से बहस कर रहे थे। वह भी क्या सोचता होगा कि साहब फिएट कार में चल रहे हैं, आमलेट खाते हैं, मगर पान के मामले में एक पैसा बचाना चाहते हैं।

मैंने कहा—भाई साब, ले लेते हैं पान। कौन बड़ा फर्क पड़ता है ?

मैंने पान वाले से कहा—लगाओ भाई चार अच्छे पान।

पर भाई साहब रुष्ट हो गये। कहने लगे—तुम्हें साथ रखेंगे तो लुट ही जायेंगे। रहने दो जी। मत लगाओ पान। दूसरे ठेले पर खायेंगे।

आखिर वे हमें पास के ठेले पर ले गये। उसने 6 पैसे के हिसाब से घटिया पान खिला दिये। भाई साहब के दस रुपये के नाश्ते के बाद चार पैसे बच गये और वे संतुष्ट हुए।

मैंने समझा, भाई साहब के भीतर दो आदमी एक साथ हैं। एक

वह आदमी था जिसने बिना एतराज के होटल वाले को दस रुपये दे दिये। और एक यह आदमी है जो पान वाले से एक पैसे का मोल-भाव करता है। जब वह आदमी इस आदमी को दबा देता है या दोनों आदमियों में समझौता हो जाता है, तब ये सौ का नोट भी बिना हिचक के दे देते हैं। पर जब यह आदमी हावी हो जाता है, तब ये एक पैसे पर भी लड़ लेते हैं। भीतरी दोनों आदमियों में कभी तालमेल बैठ भी जाता है और कभी नहीं भी।

चले थे तब उन्होंने पेट्रोल टेंक पूरा भरा लिया था। रास्ते में पेट्रोल खत्म होने लगा, तो ड्राइवर ने कहा—बाबूजी, पेट्रोल खत्म हो रहा है! गाड़ी अब रिजर्व पर आ जायेगी। इस पंप से पेट्रोल भरवा लें।

भाई साहब ने कहा—भरवा लो।

ड्राइवर साहब ने कहा—पूरा ही भरवा लेते हैं।

भाई साहब ने कहा—पूरा क्यों भरवाते हो? पाँच लिटर डलवा लो। आगे शहर आयगा, तब भरवा लेंगे।

ड्राइवर ने कहा—बाबूजी, भरवाना तो पड़ेगा ही। यहीं भरवा लेते हैं।

हमारे दूसरे मित्र ने भी कहा—ड्राइवर ठीक कह रहा है। भरवा ही लो।

भाई साहब ने नाराज होकर कहा—तुम लोगों को पैसे की कुछ कीमत तो है नहीं। कह दिया—पूरा भरवा लो। आगे क्या पेट्रोल नहीं मिलेगा? नहीं जी, सिर्फ पाँच लिटर डलवाओ।

मैं समझ गया—बहस करना व्यर्थ है। वह दूसरा आदमी हावी हो गया।

पेट्रोल सिर्फ पाँच लिटर डाला गया।

आगे चलकर जब शहर के बाहर उन्हें पेट्रोल टेंक दिखा तो वे

ड्राइवर से बोले—इतने से पेट्रोल से क्या होगा ? क्या हम लोगों को जंगल में डाले रहोगे ? रोको गाड़ी और पूरी टंकी भरवा लो। एक डब्बा ऊपर से रख लो। लम्बे सफ़र का मामला है। कहीं पेट्रोल खत्म हो जाय तो क्या करेंगे ?

मैं समझ गया, वह पहला वाला आदमी हावी हो गया है। पेट्रोल की पूरी टंकी भरी गई। ऊपर से एक डिब्बा पेट्रोल और रखा गया और गाड़ी आगे चली।

दोपहर के भोजन का वक्त हो गया। एक अच्छा होटल दिखा तो भाई साहब ने कहा—चलो यहीं खाना खा लेते हैं। हम लोग खाना खाने बैठे तो भाई साहब ने पूछा—क्या खाओगे ? हमने कहा—सादा खाना खा लेते हैं। वे बोले—नहीं, अच्छा खाना खाओ। यह होटल अच्छा मालूम होता है।

उन्होंने होटल मालिक से पूछा—सरदारजी, यह जो फ्रिज़ रखा है, इसमें कुछ है ?

सरदार जी समझ गये। बोले—हाँ, है जी। क्या पेश करूँ ?

भाई साहब ने कहा—3-4 बोतलें बीअर की निकाल दीजिये। और यह तो बताइये कि यह जो बड़े हर्फों में आपने बोर्ड लगा रखा है—यहाँ चाय हर वक्त तैयार मिलती है—इसका क्या मतलब है ? चाय तो किसी ठेले पर भी तैयार मिलती है। सरदार जी ने हँसकर कहा—आप तो समझ ही गये होंगे जी। आपकी इसी फ्रिज वाली खिदमत के लिए बोर्ड लगाया है। यहाँ ठर्रे वाले भी तो आते हैं जी। वे 'चाय' का मतलब समझ जाते हैं।

भाई साहब पर इस वक्त वह पहला वाला भीतरी आदमी सवार था। हम डर रहे थे कि कहीं इसी बीच वह दूसरा भीतरी आदमी सवार हो गया, तो ये हमें दाल-रोटी खिला देंगे। पर वह पहला आदमी उन्हें छोड़ नहीं रहा था। उन्होंने हम दोनों के लिए चिकन-करी का आर्डर

दिया। उम्दा सलाद बुलाया। ड्राइवर को मटन देने को कहा।

पर खुद अपने लिए? कोई आर्डर नहीं दिया। कहने लगे—भई, हमारा पेट ठीक रहता नहीं है। हम तो हल्का खायेंगे। सरदार जी, फिश का एक पीस कितने का होता है?

मैं समझ गया कि वह दूसरा वाला भीतरी आदमी इनके व्यक्तित्व पर हावी हो गया है।

सरदार जी ने कहा—एक पीस तो जी 60 पैसे का होता है।

भाई साहब ने कहा—बड़ा महँगा है। अच्छा, एक पीस फिश, आलू की सब्जी और रोटी हमारे लिए ले आओ।

हम चिकनकरी और न जाने क्या क्या उड़ा रहे थे। पर भाई साहब पर वह दूसरा आदमी हावी हो गया था, इसलिए वे मोल-भाव करके मछली का एक टुकड़ा और आलू की सब्जी खा रहे थे।

भोजन के बाद उन्होंने बड़े बिल का पेमेन्ट किया।

पर जब पान खाने पहुँचे तो वह दूसरा आदमी ऊपर आ गया था और वे पान के ठेले वाले से पान का मोलभाव करने लगे।

रास्ते में कुछ ऐसा हुआ कि गाड़ी खराब हो गई। गनीमत यह कि शहर में खराब हुई। वहाँ हमारे एक परिचित थे जिनकी कई गाड़ियाँ थीं। उनसे कहा तो उन्होंने अपने हैड मैकेनिक से कहा कि गाड़ी को बहुत जल्दी ठीक करो।

हैड मैकेनिक ने लगभग तीन घण्टों में गाड़ी बिलकुल ठीक कर दी। भाई साहब बहुत खुश हुए। कहने लगे—इसे कुछ इनाम दिया जाय।

मैंने कहा—शायद वह लेगा नहीं। फिर भी उसे दस का नोट देकर देखो। किसी वर्कशाप में मरम्मत कराते तो कम से कम पचास लग जाते। उसने पूरी गाड़ी 'ओवरहाल' कर दी है।

भाई साहब ने गुस्से से मेरी तरफ देखा। मैं समझ गया, वह दूसरा आदमी उन पर हावी हो गया है। बड़ी मुश्किल से वे तीन रुपये देने

पर राजी हुए, तो मेरे इशारा कर देने से मैकेनिक ने ले लिये।

पर इसके बाद ही वह पहला आदमी उन पर हावी हो गया। वे मैकेनिक से बोले—आपने बड़ा काम किया हमारा। आप न होते तो हम बड़ी मुसीबत में पड़ जाते। अब आप हमारे साथ ही खाना खाइये।

और जिस मैकेनिक को दो रुपये देने में वे आनाकानी कर रहे थे, उसे तीन रुपये का बढ़िया खाना खिला दिया।

तब उनके भीतर का वह पहला आदमी ऊपर आ गया था।

लौटते में एक जगह हम चाय पी रहे थे कि एक आदमी आया। बोला—मेरी बस चूक गई है। मुझे आप गाड़ी में ले चलिये। सवा रुपया किराया लगता है, वह मैं आपको दे दूँगा।

भाई साहब बोले—दो रुपये लगेंगे।

दूसरा भीतरी आदमी उन पर हावी हो गया था।

मैंने अलग ले जाकर कहा—भाई साहब, यह डाकुओं का एजेंट मालूम होता है। रास्ते में आपको डाकू पकड़कर ले जायेंगे और तब छोड़ने के लिए 50 हजार आपके लड़कों से मांगेंगे। लड़के सोचेंगे—धंधा जम ही गया है। पिताजी किसी काम के रहे नहीं। तो वे जवाब देंगे कि हमारा तो कोई बाप ही नहीं था।

भाई साहब मेरी बात समझ गये और उसे नहीं बिठाया।

जब हम अपने शहर से लगभग 80 मील दूर थे, एक पुलिस का ट्रक खड़ा मिला।

सार्जेन्ट आया। कहने लगा—शहर में दंगे के अंदेशे के कारण यह फोर्स बुलाया गया था। पर हमारा ट्रक खराब हो गया। आप मेहरबानी करके मुझे गाड़ी में ले चलें। मैं शहर कोतवाली से दूसरा ट्रक भिजवा दूँगा।

भाई साहब ने उसे बिठा लिया।

रास्ते में सार्जेन्ट को अच्छा नाश्ता कराया।

कार भाई साहब के घर पहुँची। मेरा घर तो चार कदम पर था। कोतवाली आधा मील दूर थी।

भाई साहब उतरे। मैं उतरा। सार्जेन्ट सोच रहा था कि गाड़ी उसे कोतवाली पहुँचा देगी।

पर भाई साहब उस सार्जेन्ट से, जिसे 80 मील से ला रहे थे, बोले—अब आप यहाँ से रिक्शे में चले जाइये।

सार्जेन्ट को बड़ा अजीब लगा। उसका चेहरा बहुत दीन और अपमानित था।

मैंने भाई साहब से कान में कहा—इसे 80 मील से लाये हैं। आधा मील में क्या फर्क पड़ता है? ड्राइवर से कहिये, छोड़ आयगा।

भाई साहब ने कहा—तुम्हारा क्या है? हमारा तो एक मील का पेट्रोल फुँक जायेगा।

वह दूसरा भीतरी आदमी उन पर सवार हो गया था।

पर वह जल्दी ही उतर गया और उन्होंने सार्जेन्ट को कोतवाली कार में भिजवा दिया।

सड़े आलू का विद्रोह

इधर खरीद-फरोख्त की बात बुद्धिजीवियों में बहुत सुन रहा हूँ।

यह शिकायत उस चूहे की तरह है जो रोटी को देखकर चूहादानी में फँस गया है।

यह शिकायत उस चूहे की भी है, जिसे अभी तक चूहादानी नहीं मिली है। वह तलाश में है।

मैं बुद्धिजीवी नहीं हूँ, क्योंकि बुद्धि ही नहीं है। बेगनजीवी बुद्धिवादी है क्योंकि वह अच्छा बेंगन पैदा करता है। मुझे बेंगन का भरता बहुत पसंद है। कोई और भरता बेंगन से ज्यादा स्वादिष्ट हो तो मैं उसे भी स्वाद से खा सकता हूँ। बुद्धिवादी का भरता मैंने आज तक नहीं चखा क्योंकि वह बहुत महँगा मिलता है और कुछ खास लोगों के लिए ही बनाया जाता है।

मैं सब्जी-पसंद आदमी हूँ। सब्जी-बाजार घूम आता हूँ।

अभी मैंने शाम को देखा कि एक कुँजड़े के टोकने में सड़े आलू रखे थे। मैं ध्यान से देखने लगा।

मेरे कुछ चित्रकार-मित्रों ने मुझे सिखाया है कि प्रकृति में आकर खोजे जा सकते हैं। बादलों में घोड़ों और हाथियों के आकार उन्होंने मुझे दिखाये। वृक्षों की टहनियों में आकार दिखाये।

मैं आकार देखने में बड़ी दिलचस्पी लेता हूँ।

मैंने देखा—एक कुजड़े के टोकने में बहुत-से सड़े आलू रखे हैं।

आदत के मुताबिक मैंने उनमें आकार देखना शुरू किया। देखा—इन सड़े आलुओं में बहुत बुद्धिजीवी के आकार हैं।

मैंने पूछा—यारो, तुम शाम तक टोकने में पड़े हो। बात क्या है ?

वे बोले—बात यही है कि अच्छे आलू साले सब बिक गये। कितना पतन है। उन्हें बिकने से इंकार करना था।

मैंने कहा—यारो, जिसे आलू की सब्जी खाना है, वह बेंगन थोड़े ही खरीदेगा। आलू को बाजार में आना है, तो वह बिकेगा ही। वरना बाजार में न आये। तुम कैसे रह गये ?

वे बोले—हम सड़े आलू हैं, इसलिए नहीं बिक रहे हैं। जो अच्छे आलू थे वे साले दिन में ही बिक गये।

मैंने पूछा—अब तुम क्या करोगे ?

वे बोले—हम विद्रोह करेंगे। चाहे आधी रात तक टोकने में पड़े रहें, पर बिकेंगे नहीं। हम बिकने वालों में नहीं हैं। हम किसी कीमत पर नहीं बिकेंगे। हम आत्म-सम्मान रखते हैं। हर किसी के हाथ नहीं बिकते। हम सारी रात टोकने में पड़े रहेंगे। मैं उनके आत्म-सम्मान, सड़ेपन और विद्रोह से बहुत प्रभावित हुआ।

मैंने कहा—मैं तुम्हारे प्रति श्रद्धा रखता हूँ। अच्छे आलू सचमुच पतित हैं, जो पहले बिक गये। बाजार में तुम भी हो, मगर सड़े होने के कारण तुम्हारा आत्म-सम्मान, अहंकार और विद्रोह बचा है। तुम्हारी जय हो ! तुमने सड़ेपन के कारण बुद्धिजीवी वर्ग की लाज रख ली।

इतने में एक सस्ते होटलवाला आया और कुँजड़े से एक रुपये में सारे सड़े आलू ले गया।

मुझे आघात लगा, जब वे आलू हँसते हुए मालिक के साथ चले गये।

सड़ा विद्रोह एक रुपये में चार किलो के हिसाब से बिक जाता है।

वीणावादिनी का केश

खाने के कई नाम हैं—रोटी खाना, भोजन, लंच, डिनर, जीमना वगैरह। इनमें रोटी खाना मुझे सबसे पसंद हैं। गये, खाया, चले आये। मगर जब प्रतिष्ठित परिवारों में भोजन करने जाना पड़ता है, तब खाने के पहले डेढ़-दो घंटे उस परिवार की प्रतिष्ठा के सूचक प्रतीक और उपलब्धियाँ देखनी पड़ती हैं। टेबिल पर 'इलस्ट्रेटेड वीकली' और 'फेमिना' पहले ही रख दिया जाता है। ये प्रतिष्ठा की निशानियाँ हैं। हिन्दी वाले पीठ ठोंकें कि दो हिन्दी साप्ताहिक भी अब टेबिल पर दिखने लगे हैं। 'डेम दीज़ हिन्दी पेपर्स।' मैं खुद ही फर्नीचर और पर्दों के रंग देखकर तारीफ़ कर देता हूँ। इससे मेज़बान की तकलीफ़ बचती है। अगर बागीचा हुआ तो उसे भी देखना होता है। इसमें अगर 'केक्टस' हुए तो तकलीफ़ बढ़ती है। मुझे भूख लगी है मगर 'केक्टस' देखना और उनके प्रकार सुनना पड़ता है। अगर रसोई-घर पास हुआ तो एकाध झोंका पकवानों की गंध का नाक तक आ जाता है और मेरी इच्छा 'केक्टस' चबा जाने की होने लगती है। फिर दीवार पर अगर मेजबान के पिता का चित्र टँगा है तो पिताजी का जीवन-चरित्र और तारीफ़ सुननी पड़ती है। बहुत लोगों के लिए पिता मूलधन होते हैं, और जैसे कंजूस बार-बार रुपये गिनता है, वैसे ही ये लोग पिता का हर आदमी के सामने वर्णन करते हैं। उधर रसोईघर से भोजन की सुगंध आ रही है।

मुझे भूख लगी है। इच्छा होती है कि पिताजी की फोटो ही खा जाऊँ। अगर ये सिर्फ इतना ही बता दें कि पिता एक नामी आबकारी अफसर थे, तो उन्हें वर्णन का कष्ट नहीं करना होता। मैं खुद उनका जीवन-चरित्र समझ जाता।

ये भले लोग ही होते हैं। केवल अपनी प्रतिष्ठा और उपलब्धियों से प्रभावित करना चाहते हैं। और यह कौन नहीं चाहता ?

कुछ लोग बच्चों की योग्यता का उपयोग इसके लिए करते हैं।

कहेंगे—आपकी कृपा से दोनों बच्चियाँ संगीत में अच्छी गति रखती हैं। वे बड़ी लड़की को बुलाते हैं—बेटी सुशीला, अंकिल को एक गाना तो सुनाओ।

थोड़ी देर में शरमाती-सी 16-17 साल की सुशीला आई और गाने लगी—'कोई परदेसी मेरा दिल ले गया, मोटी-मोटी अँखियों में आँसू दे गया।'

'परदेसी की प्रीत' की पीड़ा पुरातन है। पुराने जमाने में छैला युवक दूर कहीं धंधे से या घरु काम से लम्बी यात्रा पर बैलगाड़ी में या घोड़े पर निकलता था। यात्रा लम्बी होती थी। रास्ते में पिता के किसी मित्र के यहाँ सुस्ताने को एक-दो रोज रुक जाता था। इस अवधि में घर की जवान लड़की से रागात्मक सम्बन्ध बन जाते थे। दो दिन बाद वह आँखों में प्रीति भरकर विदा होता था। लड़की उसके अदृश्य होने तक दरवाज़ा पकड़े उसे देखती रहती थी। वह आश्वासन के लिए बुढ़ऊ से कह देता था—कक्काजी, लौटते में जरूर रुकूँगा।

इस 'परदेसवा की प्रीति' पर बहुत काव्य हैं। सबसे पीड़ादायक प्रीत उस समय के परदेसवा की होती थी। दूर रहता था, बैलगाड़ी या घोड़ा आवागमन के साधन थे। शायद जीवन में 'परदेसवा' कभी नहीं लौटे। रेलगाड़ी और डाक चलने के बाद से 'परदेसी' की प्रीति उतनी कष्टदायक नहीं रही। वह किसी भी रेलगाड़ी से आ सकता है। वह चिट्ठी लिख सकती है और सहेली के पते पर उसकी चिट्ठी पा सकती

है। पर रेलगाड़ी वाला परदेशी ज्यादा ठहरता नहीं है। उसका 'रिजर्वेशन' होता है। फिर भी चंद घण्टों में आँसू दे ही जाता है। इन परदेशियों में जो 'स्मगलिंग' के काम से निकला है, वह तो भागने की जल्दी में है। कहता है—'हम सवेरे वाली गाड़ी से चले जायेंगे'—क्योंकि उधर 'गेंग' इंतजार कर रहा होगा। इसका ध्यान सुन्दरी पर नहीं, सोने के बिस्किट या अफीम की पेटी पर होता है।

इधर एक नया 'परदेशी' लोकप्रिय हो रहा है। यह बड़ी कंपनियों का एजेंट या प्रतिनिधि होता है। इसे पहले दर्जे का किराया मिलता है, 20-25 रुपया भत्ता मिला है। यह ठहरता होटल में है, पर आर्डर बुक करके समय निकाल कर 'अंकिल जी' के यहाँ हो आता है। खाना भी खा लेता है। इतनी देर में ही उसके कपड़े, व्यवहार और अटैची से असर पड़ता है। परदेशी से राग हो जाता है, लड़की का। काँइयाँ पिता जाँचता रहता है—लड़का अच्छा है। जम जाय तो लड़की निपट जाय। वह कहता है—बेटा, तुम्हारा घर है। यहीं ठहरा करो। मेरा विचार है, सबसे फायदेमंद परदेशी यही है। और हर विवाह-योग्य लड़की के पिता को इसे प्रोत्साहन देना चाहिये।

लड़की का गीत सुनकर मुझे लगा, हाल ही में कोई दवा कम्पनी का प्रतिनिधि आया होगा जो कुछ नमूने की दवाएँ दे गया होगा। अंकिल जी को उसने 'गैस' की गोलियाँ दो होंगी। तभी लड़की यह गीत गा रही है—कोई परदेसी मेरा दिल ले गया—(और बाबूजी की गैस मिटा गया)।

फिर छोटी लड़की ने गाया—'दम मारो दम, मिट जाय गम। बोलो सुबह शाम, हरे कृष्ण हरे राम।'

'दम' की बात सुनकर मेरी भूख और भड़की। आखिर हम खाने की टेबिल पर पहुँचे।

मुझे ऐसे लोग भले ही लगते हैं। छोटी-छोटी चीजों से प्रभावित करने की कोशिश करते हैं। मैं इन चीजों पर हँसता हूँ, तो दुख भी

होता है कि यह कोई अच्छी बात मैं नहीं कर रहा हूँ।

इधर मुझे एक करोड़-पति का भोजन करने का सौभाग्य प्राप्त हुआ। मैं भाषण देने एक बड़े शहर में गया था। एक भले और स्नेही सम्पन्न सज्जन को लगा होगा कि इन्हें भोजन घर में कराया जाय। मुझे उनके इस शुभ निर्णय की जानकारी पहले नहीं थी। एक 'बिचौलिये' मित्र से उन्होंने कह रखा था।

सुबह से वे अपना वैभव दिखाने निकले—बागीचा, अतिथि-गृह, बाल मंदिर वगैरह। वैभव मुझे अच्छा लगता है। सौंदर्य अच्छा लगता है। पर अगर सुन्दरी ऐसा काजल लगा ले जो उसकी भौंहों तक आ जाये तो कैसा लगेगा? या अनंत सौंदर्यवती सिर में चमेली का सस्ता तेल इतना डाल ले कि वह कपाल पर आ जाये तो कैसा लगेगा? या कोई सुन्दरी इतनी गहरी लाल लिपस्टिक चुपड़ ले कि वह नाक तक आ जाये तो कैसा लगेगा? या सुन्दरी बाथरूम का उपयोग न करके, छज्जे पर खड़ी होकर मंजन करे और 'थुक थुक' करे, तो वह सौंदर्य कितना घृणास्पद होगा? सुन्दर बगीचे में यदि तरह-तरह के गुलाबों के बीच गदा लिये हनुमान जी की भद्दी मूर्ति खड़ी कर दे, तो फूलों का क्या होगा? कोई वीणा में फूहड़ फूंदे बाँध दे तो कैसा लगेगा? दिल्ली में उच्च वर्गीय स्त्रियाँ महंगे रेस्तराँ से निकलकर मुरब्बा डलवाकर पान खाती हैं, तो मेरी उधर देखने की हिम्मत नहीं होती।

वह वैभव मुझे ऐसा ही लगा। चार मंजिला विशाल इमारत। मगर फर्श और दीवार खूब गहरे रंगों से पुते। पर्दे गहरे हरे। मैं इन रंगों के बीच दो-चार दिन रहूँ, तो पागल हो जाऊँ।

मुझे वैभव, सौंदर्य अच्छे लगते हैं। मगर कीमती सुन्दर चित्र के फ्रेम पर मोटे-मोटे अक्षरों में अपना नाम और पता लिखवा ले, तो चित्र देखने से विरक्ति होती है। मुझे ऐसा लगा जैसे सुन्दर कमरे में बैठा हूँ जिसके एक कोने में पिशाचिनी की मूर्ति रखी है।

मगर वे भले आदमी थे। रुचि उनकी अपनी थी। पिता के बड़े

भक्त थे। पिता यह लोक छोड़ चुके थे। जो पिता 'बंजारे' से परलोक जाने को लदने के पहले कहे—'ज़रा एक मिनिट' लड़के को तिजोड़ी की चाबी दे दूँ'—वह पूजास्पद तो होगा ही।

वे पिता के गुण बखानते थे। बीच में कुछ विशेष छूट जाता, तो बिचौलिया बंधु जोड़ देता था। कहने लगे—बाबूजी बड़े सीधे और भोले थे। कोई भी उनसे कोई बहाना बनाकर रुपये ले जाता था। लोग तो उन्हें 'बुद्ध' समझते थे। बड़े दानशील थे।

मैं जानता हूँ कि मछलियों को दस पैसे का दाना चुगाकर फिर उन्हें जाल से पकड़वाकर किस भाव बेचा जाता है। सवेरे भिखारियों को ऐसे दुबले गेहूँ बाँटना जिनकी हड्डी निकल आई है और फिर अच्छे गेहूँ का सौदा करना—यह भी जानता हूँ। दानशीलता, सीधापन, भोला-पन—असल में एक तरह का 'इनवेस्टमेंट' होता है। और जहाँ तक लाख दो लाख के दानों का सम्बन्ध है, सब जानते हैं कि इसमें कितना इनकम टैक्स का जाता है और गाँठ का कितना सा। इतने में से नाम खुदकर अमर हो जाय, तो सौदा महँगा नहीं पड़ता।

कहने लगे—कोई शौक नहीं था। 3-4 घण्टे पूजा करते थे। रात को अलबत्ता थोड़ी देर मुनीमों के साथ ताश खेलते थे।

एक मुसाहिब अब तक चुप था। वह बोला—ताश भी आत्म-सम्मान से खेलते थे। उन्होंने मेम चली है, तो कोई उस पर बादशाह नहीं चल सकता था। गुलाम चल सकता था।

मुझे यह बात यथार्थवादी और तर्कपूर्ण लगी।

मुझे 4 बजे की गाड़ी से जाना था। करीब 12 बजे मैंने अपने मित्र से कहा—अब खाना खा लें। थोड़ा आराम। मित्र ने कहा—भोजन तो उन्हीं के यहाँ करना है। मैंने कहा—पर उन्होंने मुझसे तो कहा नहीं। मित्र ने कहा—संकोची आदमी हैं। मुझे इशारा कर दिया था। हम उनके घर पहुँचे। बड़ा-सा बैठकखाना। दीवारें उनके पिता के चित्रों से भरी हुई थीं।

उन्होंने बतलाना शुरू किया—इस मंत्री के साथ फोटो, उस नेता के साथ, शंकराचार्य के साथ, दान देते हुए, गरीबों को अन्न बाँटते हुए पूजा करते हुए। ज्यादा फोटो मंत्रियों और नेताओं के साथ थी। मैं देखता और 'वाह !' कहता।

इधर घड़ी आगे बढ़ रही थी।

सोफे पर बैठे तो उन्होंने अपने फोटोग्राफ का एलबम निकाला। करीब 100 फोटो उनके देखे।

मुझे भूख जोर की लगी थी। टाइम भी बहुत हो गया था। तीसरे, मैं इस बात से बहुत चिढ़ गया था कि कोई आदमी 6-7 घण्टे अपनी महत्ता ही बतलाता रहे। अपने पिता, खुद और प्रापर्टी, इन तीन चीजों की तारीफ मैं 6 घण्टे सुनता रहा।

आखिर लगभग डेढ़ बजे भोजनालय पहुँचे। सामने कोई 15 तरह के पकवान—सब में से वही फूहड़ सम्पन्नता टपक रही थी। हलुवा और चूरमा में से घी बह रहा था। मैं तय कर नहीं पाया कि इनमें से क्या खा लूँ।

इतने में एक चीज और आई। वे कहने लगे—यह हमारे यहाँ की खास चीज़ है—'बाफ़ला'। बाटी के आकार की होती है, घी में पूरी तरह सराबोर। न जाने कैसे बनाई जाती है। बेहद भारी और लिवर की जान लेने वाली।

मैं इसे देखकर काँप उठा। एक बार खा चुका हूँ। भोपाल में मित्र की पत्नी ने बाफला खिलवाये। मैं चटोरेपन के कारण काफी खा गया। मुझे साढ़े दस बजे रात की गाड़ी से जाने का था। खाना हम लोग लगभग साढ़े आठ बजे खा चुके थे।

मैंने मित्र से लगभग नौ बजे कहा—बिस्तर बाँध लें। सामान समेट लें। इधर तांगा भी जल्दी नहीं मिलता।

मित्र की पत्नी ने कहा—यह सब कुछ मत करिये। आप इस गाड़ी से जा नहीं सकते।

मैंने पूछा—क्यों ?

वे बोलीं—क्यों का सवाल नहीं है। आप चले जायें तो कल मैं आपको इनाम के रूप में सौ रुपयों का चेक भेजूँगी।

मैंने पानी माँगा। मुँह सूख रहा था। दो गिलास पानी पिया। थोड़ी देर बाद शरीर शिथिल-सा होने लगा और मुझे लगा कि बाफला मेरी पिंडलियों में घुस रहे हैं। थोड़ी देर बाद फिर पानी पिया और लगा कि बाफला सारे शरीर में घुस गया है।

आखिर मैं लुढ़क गया और सुबह नींद खुली।

सोचता हूँ, राजपूत लोग मुसलमान सेनाओं से लड़ने के बदले उन्हें बाफला भेज देते कि आप हमारे मेहमान हैं, लड़ाई होती रहेगी। पहले हमारा खास पकवान खाइये। जब वे बाफला खाकर घण्टे-दो घण्टे में लुढ़क जाते, तो जाकर उन्हें काट आते।

वही बाफले दुश्मन की तरह मुझे देख रहे थे। ये वीरों या अलालों के खाने की चीज़ है।

खैर, खाना शुरू हुआ।

वे खाने के बारे में भी पिताजी के शौक और रुचि की बात करते रहे।

कह रहे थे—पिताजी अकेले कभी भोजन नहीं करते थे। मित्रों या मुनीमों को साथ खाने को बुला लेते थे। कोई न मिले तो सड़क से निकलते किसी भी आदमी को पकड़ लेते और उसे साथ खाने को बिठा लेते थे। ऐसी ही आदत मेरी भी है।

सुन कर मेरा कौर हाथ में रखा रह गया।

मैं भी शायद सड़क से पकड़ा गया आदमी हूँ जिसे इन्होंने खाने को साथ बिठा लिया है।

कौर मेरा मुँह में जा नहीं रहा था। पर माँ सरस्वती प्रसन्न थी। उसने उनका पानी उतारने की तरकीब एक क्षण में बता दी।

मैंने कौर मुँह में लिया और फौरन फुर्ती से उसे निकालकर थाली में डाल लिया।

उन्होंने कहा—क्यों ? क्यों ?

मैंने कहा—इसमें बाल है।

मैंने बहुत बुरा मुँह बना लिया।

वे बोले—बाल ? बाल कैसे हो सकता है ? हमारे यहाँ तो दो महाराज रोटी बनाते हैं।

मैंने कहा—छोड़िये। मेरा भोजन पूरा हो चुका था। मैं आगे खा नहीं सकूँगा। खाऊँगा तो उलटी हो जायगी।

तहलका मच गया। सबने खाना बंद कर दिया। फोटोग्राफर को अब उनकी फोटो लेना था। उन्होंने सोचा होगा—पत्नी यह सोचकर कि मेहमान आ रहे हैं, नहाने के बाद सीधे शायद रसोईघर चली गई हो, यह देखने कि अच्छा खाना बन रहा है कि नहीं।

महाराज लोग तो घुटी चाँद के थे।

ज्योंही उनके दिमाग में यह बात चमकी वे बहुत शर्मिंदा और दीन हो गये। पानी उतर गया। सोचते होंगे—मेहमान समझ गये होंगे कि मेरी पत्नी फूहड़ है, जो खाने में बाल गिरा देती है।

वे भिखारी की तरह दीन हो गये। बार-बार माफी माँगने लगे।

उस समय मुझे लगा कि इस चौमंजिला इमारत का मालिक मैं हूँ और मैं इन्हें सड़क से पकड़कर खाने को ले आया हूँ।

खाना फिर सबने बंद कर दिया।

बाफलों की आँखें निकल आई थीं और वे एक आँख दबा कर काँइयाँ इशारा कर रहे थे।

हाथ धोकर वे छज्जे पर गये। मैं सुन रहा था—

—'इतने बड़े आदमी के सामने नाक कटा दी खानदान की !'

—'पर मैं भगवान की कसम खाकर कहती हूँ कि रसोई में गई ही नहीं।'

अब उन्हें जल्दी थी मुझसे पिंड छुड़ाने की। जल्दी पान खिलाया और ड्राइवर से मित्र के घर पहुँचवा दिया।

घर में मित्र ने पूछा—क्या सचमुच खाने में बाल था ?

मैंने कहा—नहीं, औरत का बाल नहीं था। वीणावादिनी माँ सरस्वती का बाल था।

रोजमर्रा का मामला

प्रोफेसरों और रीडरों की एक 'कानफरेन्स' थी—'कानफरेन्स' शब्द 'सम्मेलन' से लगभग 10 गुना गरिमावाला होता है—क्योंकि 'सम्मेलन' छोटे पढ़ाने वालों का होता है और 'सेमिनार' तथा 'कानफरेन्स' बड़े पढ़ाने वालों का।

पहले 'गरीब शिक्षक' एक मुहावरा था। अब यह मुहावरा कुछ लोगों पर ही लागू होता है याने उन पर जो प्राइमरी या मिडिल स्कूल में पढ़ाकर 6 घण्टे ट्यूशन करते हैं। मगर मेरी एक बात समझ में नहीं आती—एक गरीब कहलाने वाले (परम्परा से) हाई स्कूल के शिक्षक से जब मैंने पूछताछ की कि मुझे दो कमरों का एक मकान चाहिये तो उन्होंने जो कहा वह अक्षरशः यह है—देखिये, हम तो हर साल 50 लड़के ट्यूशन और नकल और नम्बर बढ़वाकर पास करवाते रहे हैं। अब अपने दो मकान हैं। ईश्वर की दया से (याने शिक्षकीय ईमान की दया से) पाँच सौ रुपया किराया आता है। आप तो अपने ही आदमी हैं। जो देना चाहें दे दीजिये। घर आपका है। दो कमरे हैं, बाथरूम है। आपको सारे सुभीते मिलेंगे। आप घर में ही खाना खाइये। जो उचित समझें दे दीजिये। आप तो स्वयं बुद्धिमान हैं। मगर हम चाहते हैं कि इसे सरकार किसी दफ्तर के लिए ले ले जिससे आपसे तिगुना किराया मिले। वैसे आप रहिये।

मैं उस मकान को किराये से ले लेता, पर इसलिए नहीं लिया कि आत्मीयता के बावजूद उन्होंने कहा था—'आप स्वयं बुद्धिमान हैं।'

इस वाक्य से प्रबुद्ध समाज में मैं बहुत घबड़ाता हूँ क्योंकि इसका मतलब यह नहीं होता कि आप बुद्धिमान हैं। इसका मतलब होता है—'आप निहायत बेवकूफ़ आदमी हैं, जिनके पास आज तक दो कमरे भी नहीं हुए। और हम आप जैसों को बेवकूफ बनाते हैं।'

फिर उनकी बीवी और दो लड़कियों को देखा। उन्हें ऊन लाकर देने में मेरी कलम-घिसाई की आमदनी का बड़ा हिस्सा चला जाता। मैंने 5 मिनट में ही यह समझ लिया।

मैंने अति विनम्रता से उनसे कहा—मेरी इतनी हैसियत नहीं है कि ऐसे अच्छे 'अपार्टमेंट' को किराये से ले लूँ—आपके स्नेह के बाद भी।

बात मैंने प्रोफेसरों और रीडरों की 'सेमिनार' से शुरू की थी, पर 'मास्टर' पर आ गया। यों दोनों एक वर्ग के हैं।

बेचारा लेक्चरर, बेचारा रीडर, बेचारा प्रोफेसर—ये 20 साल पुरानी बातें हो गईं। अब सीनियर लेक्चरर—या रीडर के घर फ्रिज़ होता है। प्रोफेसर के पास कार और 'सेलर' भी! यों मैंने ऐसे रीडर भी देखे हैं, जो फ्रिज़ बरामदे में रखते हैं, जिससे सड़क से निकलने वाले को दिख जाय कि इनके पास फ्रिज है। उनका वश चले और कार हो तो कार को वे फाटक पर टाँग दें।

मैं दया और प्रार्थना के सिवा और क्या कर सकता हूँ कि—हे ईश्वर कहलाने वाले कोई—मैं तुझे नहीं मानता हूँ, क्योंकि मैं नास्तिक हूँ—मैं नहीं मानता कि तुझमें इतनी क्षमता है कि तू हर केंचुए का भला कर सके। पर जिनका तुझ पर अटूट विश्वास है, उन्हें तू सपने में ही इतना ज्ञान तो दे ही सकता है कि 'फ्रिज' घर में कहाँ रखना चाहिये। तू सर्वशक्तिमान है पर उन्हें यह ज्ञान नहीं दे रहा। मैं देना चाहता हूँ। तब क्या तुम इस्तीफ़ा देकर सर्वज्ञानी, अंतर्यामी और सर्व-

शक्तिमान का पद मुझे दे दोगे ?

यह मैं मज़ाक कर रहा था। कोई सर्वशक्तिशाली या सर्वज्ञानी नहीं है पर मज़ाक करना मेरी आदत है और मेरा 'विटामिन' भी। मैं विटामिन की गोली खा रहा था—यह मज़ाक करके। सबको, जो जीना चाहते हैं, इस गोली का सेवन जरूर करना चाहिये—हँसने के विटामिन की गोली का।

तो मैं बात कर रहा था, प्रोफेसरों और रीडरों के एक शैक्षणिक सम्मेलन की। बड़े-बड़े विद्वान शिक्षाविद् आये थे। मैं उनके सामने अपने को हीन समझता था। कहाँ ये करोड़ों युवकों के गुरु और कहाँ मैं एक 'कलमघिसू' लेखक। थोड़ा बहुत मैंने भी पढ़ा-सोचा-समझा है, पर इसी कारण तो अपने को ज्ञानी मानने की बेवकूफी नहीं करता। ज्ञान आदमी को हमेशा इस बेवकूफी से बचाता है कि वह अपने को ज्ञानी न समझे।

जिस राज्य में इन 'पेडॉगाग' लोगों की मीटिंग थी वहीं मैं 'डेमागॉग' भी था—बल्कि उसी शहर में था। सारे प्रदेश में छात्रों की हड़ताल थी। अध्यापकों की हड़ताल भी थी। लड़कों के ही नहीं, डीनों के भी सिर फूट रहे थे।

उसी समय एक लेखकों का सम्मेलन भी वहीं था।

मैं लेखक के नाते कई बातें जानना और समझना चाहता था। लिहाजा एक गँवार लेखक की तरह, मुझसे चौगुने कपड़े और ठाठ वाले इन विद्वानों के आसपास छात्र की तरह मौका निकालकर घूमता रहता और बातें सुनता रहता। आखिर ये इतने गंभीर लोग किस राष्ट्रीय समस्या से उलझे हैं ?

तो मैं बराबर विद्वानों की बातें लॉन में टहलते हुए या कैंटीन में नाश्ता करते हुए एक क्षुद्र जिज्ञासु की तरह सुनता रहता।

नतीजा मेरे अनुभव का यह है—

1—गुट संख्या एक—(वार्तालाप)

—और कैसा क्या हाल है ?

—ठीक है, पर इस बार जयपुर से पेपर नहीं आया।

—पता नहीं क्या हो रहा है आजकल ? पूना से मुझे हर साल पेपर आता था। पर इस साल नहीं आया।

—भई, सब जगह पतन हो गया है।

2—**गुट संख्या दो**—(जो गुट संख्या एक की बौद्धिक शत्रु है)

वार्तालाप—

—वह 'साला' कह रहा था किसी से कि मुझे इस बार जयपुर का पेपर नहीं मिला। ठीक है। पर जब मुझे जोधपुर का पेपर नहीं दोगे, तो मैं तुम्हें जयपुर का पेपर क्यों दूँगा ?

—ठीक बात है। जब तुम पूना और बम्बई से समझौता किये हो, तो राजस्थान से क्यों उम्मीद करते हो ?

—ठीक कहते हो। बात 'सिद्धांत' की है। अच्छा, यह बताओ 'मॉडरेशन' के लिए तो तुम मुझे बुला रहे हो न ?

—हाँ, हाँ, पक्का। आपका हमारा सम्बन्ध कोई आज का थोड़े ही है। पर इस साल बी० ए० पार्ट वन का पेपर ही भेजिये। कापियाँ ज्यादा होती हैं।

3—**तीसरा गुट**— (वार्तालाप)

—आप अच्छे हैं ?

—जी, आपकी कृपा है।

—बच्चे भी अच्छे हैं ?

—जी, सब अच्छे हैं। आपकी कृपा है।

—और क्या हाल-चाल हैं ?

—हाल-चाल क्या कहें। डॉ० त्रिपाठी ने तो हमें काट ही दिया है। आप कोशिश करें तो कोई पेपर हमें मिल सकता है।

—मैं पूरी कोशिश करूँगा। आप तो आगरा ही लौटेंगे न ?

—जी हाँ। मैं आपको पहुँचते ही पेठे का पैकेट भेजूँगा। आपके

आगरा के पेठे पसन्द हैं न।

× × ×

ज्ञानियों और गुरुओं की बातें सुनने के बाद मेरे हाथ में प्रिंसिपल का टाइपिस्ट एक अखबार दे गया और मुझ जैसे के हाथ में ही क्यों दे गया ?

अखबार में सुर्खियाँ थीं—

—'छात्रों पर लाठी चार्ज'

—'गोली चालन—2 मरे'

—प्रोफेसरों पर लाठी चार्ज'

—'दो प्रोफेसरों की हालत चिंताजनक।'

—'डीन की नाक पर लाठी का वार !'

मैं बहुत परेशान था। यह हो क्या रहा है ? प्रोफेसर और डीन तक पिट रहे हैं।

मैं उदास बरामदे में बैठ गया। पर जिन्हें उदास होना था, वे बगीचे में तरह-तरह के फूल सूँघ रहे थे और बगीचे की तारीफ कर रहे थे—ए गुड गार्डन। वेरी वेल मेन्टेन्ड। क्वाइट ए वेराइटी ऑफ फ्लोरा एंड फॉना !

मुझे लगा कि इस देश में सामान्य आदमी के खून का उपयोग फूलों को रंग और खुशबू देने के काम आ रहा है। कुछ और काम उस खून से नहीं हो रहा। इस समय इन फूलों को लड़कों और अध्यापकों के खून का रंग दिया जा रहा है। बड़ी ताज़गी है।

मैं गमगीन बैठा था।

तभी एक साहब आये। कहने लगे—क्या आपका नाम हरिशंकर परसाई है ?

किसी ने उनसे कह दिया होगा कि यह बड़ा बदमाश आदमी है। वरना वे नम्र न होते।

मैंने कहा—जी हाँ। क्या आज्ञा है ? सेवा बताइये।

वे बोले—हम लोगों की एक मीटिंग है। आप भी शामिल हों तो कृपा होगी।

मैंने कहा—इसमें कृपा या अकृपा का सवाल नहीं है। सवाल उपयोग का है। अगर मेरा उपयोग हो तो मैं जमादारों की मीटिंगों में भी कई सालों से, जब वे चाहते हैं, चला जाता हूँ। पर आपकी इस मीटिंग में मेरा क्या कोई उपयोग है?

वे बोले—देखिये, आप लेखक हैं, बुद्धिजीवी हैं। हम सब एक हैं। आपका उपयोग है।

मैंने कहा—नहीं, नहीं, आप और मैं एक-से बुद्धिजीवी नहीं हैं। आप तनख्वाह वाले बुद्धिजीवी हैं, मैं बिना तनख्वाह का बुद्धिजीवी हूँ। न मेरी पहली तारीख होती, न इकतीस तारीख।

वे हँसे। व्यंग्य-लेखक को वे एक उल्लू मसखरा समझते थे। मैं इस बात को जानता हूँ—यह वे नहीं जानते थे।

खैर, मैं गया उस मीटिंग में।

सबने बड़ा आदर दिखाया। (वह सच्चा ही रहा होगा यह मेरा विश्वास और भ्रम दोनों हो सकते हैं। खास फर्क नहीं है)।

मैंने कहा—हम बुद्धिजीवियों के सामने बड़ी-बड़ी चुनौतियाँ हैं। हमें उनका समाधान खोजना चाहिए। वरना इतिहास यह कहेगा कि संकट काल ने, संक्राति काल में इस देश के बुद्धिजीवी ने देश की करोड़ों जनता को धोखा दिया।

मेरी बात पर ताली बजी। बात चिंता की थी। पर बज रही थी ताली।

इसके बाद जो कार्यक्रम शुरू हुआ, वह उनकी महत्त्वपूर्ण आपसी चर्चा थी—

—हाँ, तो यू० पी० में क्या स्केल है?

—मैसूर में प्राइवेट कालेज में क्या पे स्केल है?

—यू० जी० सी० नये साल में कितना अतिरिक्त ग्रांट देने वाली है ?

—हमारे प्रांत में तो तीन महीनों से प्राइवेट कालेजों में तनखा नहीं मिली। कारण है पालिटिक्स।

—हमारे यहाँ बिना डाक्टरेट के रीडर ही नहीं बनाते। यह क्या धाँधली है ?

मैंने एक बार टोका—क्या आप लोग इस छात्र और सामान्य शिक्षक की समस्या पर भी विचार करेंगे ? आपने आज का पेपर पढ़ा ही होगा।

अध्यक्ष ने कहा—लड़के ऊधम तो करते ही रहते हैं जी। हम उसमें क्या करें ? लाठी भी चलती है, गोली भी चलती है। हड़ताल भी होती है। लोग मरते भी हैं। यह तो रोजमर्रा का मामला हो गया है जी।

मैंने कहा—आप बिलकुल दुरुस्त फरमा रहे हैं। पर रीडर, सीनियर रीडर, पेपर सेटिंग, मॉडरेशन, पेपर आउट, नम्बर बढ़ाना—यह भी रोजमर्रा का ही मामला हो गया है।

अध्यक्ष चौंके। बाकी लोग जरा देर सन्नाटे में बैठे रहे। वे मुझसे मीठी बातें सुनना चाहते थे। पर मैं अपने स्वभाव से लाचार हूँ।

तब मैंने कहा—सही है, रोजमर्रा की चीज़ें हैं ये सब। मेरी भी आदत रोज 11 बजे सो जाने की है। मैं सो जाऊँ तो आप लोग मुझे माफ जरूर ही कर देंगे, क्योंकि यह भी मेरा रोजमर्रा का मामला ही है जैसे आपके लिए दूसरे रोजमर्रा के मामले हैं।

और मैं कमर तक झुककर, हाथ जोड़कर, उठकर बाहर चला गया।

नम्बर दो की आत्मा

कम्बख्त टैक्सी बेचकर साधु और योगी हो गया है। एक ही तो यह टैक्सी वाला था जिसका मीटर ठीक रहता था। वह अच्छी बातें भी करता था। कहता—साब, मीटर भी आदमी को पहचान लेता है। टैक्सी के मीटर अक्सर आदमी को देखकर ठीक होते और बिगड़ते रहते हैं। इसका मीटर मेरा आत्मीय हो गया था। मुझे देख लेता तो होश में रहता था। मैं अक्सर उसी की टैक्सी लेता था।

एक दिन मैंने उससे कहा—चलो भई, जरा यूनिवर्सिटी पहुँचा दो।

टैक्सी वाले ने कहा—साहब, माफ करना। पन्द्रह दिन खिदमत नहीं कर पाऊँगा। जयपुर से एक पार्टी आ गई है, जिसकी खिदमत में लगा हूँ।

मैंने पूछा--कैसी पार्टी है यह, और क्यों आई है ?

उसने कहा—बड़े सेठ हैं। इधर एक कोई साधु आये हैं जो दो-तीन घण्टों में आदमी को अपने से भुलाकर दूसरी दुनिया में ले जाते हैं। उनका यहाँ पर "आत्म शान्ति आश्रम" चल रहा है। बड़े-बड़े लोग आये हैं आत्मा की शान्ति के लिए।

मैंने उससे पूछा—क्या तुम्हें आत्मा की शान्ति नहीं चाहिए ?

उसने कहा—साहब, किसे नहीं चाहिए। पर अपना तो यह है कि दिन भर मेहनत की, शाम को बीबी-बच्चों के साथ खाना खाया और सो गये। सबेरे से फिर आप लोगों की खिदमत में।

मैंने पूछा—फिर यह जो तुम्हारी पार्टी है, वह ऐसा क्यों नहीं कर

सकती ?

उसने कहा—पता नहीं साहब क्या बात है ? बम्बई, कलकत्ता और दिल्ली फोन करता रहता है। सौदा करता है और दो-तीन घण्टे के लिए आत्मा की शान्ति के लिए और अपने को भूलने के लिए साधु-आश्रम में जाता है। लौटकर फिर हिसाब और फोन करने लगता है।

मैंने कहा—शायद उसकी आत्मा अपने से अलग किस्म की हो।

उसने कहा—हाँ साब, हो सकता है। आत्मा का भी इस जमाने में क्या ठिकाना है, साब। सुना है, नम्बर दो की आत्मा भी होने लगी है।

मैंने दूसरी टैक्सी ले ली।

तीन-चार दिन बाद वह फिर मिला।

मैंने पूछा—कैसा चल रहा है धन्धा ?

उसने कहा—साब, चाँदी कट रही है। मैं तो चाहता हूँ कि इस देश में सब लोग नम्बर दो की आत्मा के हो जायें तो हम लोगों का बड़ा फायदा हो।

मैंने पूछा—सेठ को कोई और शौक है ? दारू का या औरत का ?

उसने कहा—नहीं साब, भला आदमी है। न दारू न औरत। रोज सबेरे पूजा करता है और किसी दंद-फंद में नहीं है। बड़ा धार्मिक आदमी है। पर आत्मा की शान्ति के लिए और अपने को भूलने के लिए रोज सैकड़ों रुपये खर्च करता है। बड़ा भला आदमी है। गुरु उसे दो-तीन घण्टे में दूसरा आदमी बना देते हैं।

दो दिन बाद टैक्सी वाला मुझे फिर मिला।

मैंने पूछा—आश्रम में क्या होता है ? आत्मा को शान्ति कैसे मिलती है ? आदमी अपने को कैसे भूलता है ?

उसने कहा—मैंने खिड़की से झाँक कर देखा है। वह साधु घण्टे भर तो भक्तों को आँखें बंद करके बैठने को कहता है। फिर कहता है—तुम तुम नहीं हो। तुम कोई और हो। तुम्हारा कोई नाम नहीं तुम राधेश्याम नहीं हो। बोलो राधेश्याम, तुम क्या राधेश्याम हो ? मेरा सेठ कहता है—मैं राधेश्याम नहीं हूँ। मैं कोई नहीं हूँ। इसके बाद साहब, न जाने

क्या जादू वह गुरु करता है कि लोग नाचने लगते हैं। बकने लगते हैं और यहाँ-वहाँ लुढ़क जाते हैं। तब मैं टैक्सी में सेठ को लेकर होटल आता हूँ।

मैं पूछता हूँ—सेठ जी, आपका नाम क्या है ? तो वे कहते हैं—मेरा नाम राधेश्याम है। साब, दो-तीन घण्टे भूलने के लिए ये लोग इतना रुपया खर्च करते हैं और तपस्या करते हैं। यह भी बड़े आदमी का एक शौक ही है। हम गरीब लोग भी और तरीके से अपने को दो-तीन घंटे भूल जाते हैं। आप जानते हैं। पर अपना काम सस्ते का है।

मैंने उससे पूछा—तुम क्या आत्मा को जानते हो ? वह कैसी होती है ? तिकोन होती है या चौकोन होती है ?

उसने कहा—साब, हम यह सब कुछ नहीं जानते। ये बड़े आदमियों के चोचले हैं। हम तो दिन भर मेहनत करते हैं। रात को रोटी खाते हैं, सो जाते हैं और सबेरे से फिर आप लोगों की खिदमत में हाजिर हो जाते हैं। आत्मा ठीक रहती है।

मैंने पूछा—जब यह तुम्हारा सेठ गुरु के आश्रम में कहता है कि मैं राधेश्याम नहीं हूँ तो फिर राधेश्याम के नाम से बम्बई और कलकत्ता सौदे के लिए ट्रंक क्यों करता है ?

उसने कहा—पता नहीं साहब कि यह मामला क्या है। हम तो खास पढ़े आदमी भी नहीं हैं। हम क्या समझें कि दो घंटे पहले कोई आदमी, आदमी न होकर, ईश्वर हो जाता है और बाद में बम्बई और कलकत्ता से सौदे के लिए फोन करता है ?

मैंने कहा—क्या तुम्हें यह नहीं लगता कि आत्मा और माया के बीच में सौदा हो गया है ? याने स्वार्थ और परमार्थ ने हाथ मिला लिए हैं—या ईश्वर बिजिनेसमैन हो गया है।

उसने कहा—साब, हम ये बातें क्या जानें ? हम तो न पढ़े-लिखे, न ज्ञानी। हम तो टैक्सी चलाते हैं, मेहनत करते हैं और बाल-बच्चों को पालते हैं। आत्मा तो बड़े लोगों का शौक है।

मैंने पूछा—तुम्हारी तरह वह सेठ भी मेहनत करके बच्चे पालता

है या वह योगी साधु भी रोटी के लिए कोई काम करता है ?

उसने कहा—साब, हम तो गरीब आदमी हैं। हम इन बातों को क्या जानें। इतना जानते हैं कि साधु कुछ काम नहीं करता और रईस की तरह रहता है और हमारी यह पार्टी—यह सेठ भी दो-तीन घंटे साधु रहने के बाद बम्बई और कलकत्ता सौदे के लिए फोन करता है। बस इतना काम ये लोग करते हैं।

मुझे यह मामला बड़ा दिलचस्प लगा। कोई करोड़पति दो-तीन घंटे अपने को, जगत को और माया को भूलने के लिए इतनी दूर आये और इतने रुपये खर्च करे ! मुझे ऐसे लोगों पर दया भी आती है। मैं जानता हूँ, अध्यात्म भी धंधा है। अमोह भी धन्धा है। निर्लोभ भी धन्धा है। अपरिग्रह भी धन्धा है।

अहिंसा तक धन्धा हो गया है।

एक दिन टैक्सी वाले से मैंने पूछा—क्या दो-तीन घण्टे अपने को भुलाकर जैसा इनसे वह साधु करवाता है, वैसा क्या तुम नहीं करा सकते ? यह बेचारा सेठ दो-तीन घण्टे कसरत करता है, तब कहता है कि मैं राधेश्याम नहीं हूँ। मेरा कोई नाम नहीं है। मैं तो शुद्ध आत्मा हूँ। तुम क्या इससे आसान तरीके से यह नहीं करा सकते ?

टैक्सी वाला बेवकूफ नहीं है। बहुत समझदार है। वह मामला समझ गया। उसने कहा—साहब, मैं "हिराई', करता हूँ। परसों आपको बताऊँगा। ऐसा हो सकता है—और बिना गुरु के हो सकता है।

तीसरे दिन वह मुझे मिला। कहने लगा—आपने ठीक सलाह दी थी। मैंने सेठ से कहा—सेठ जी, आप दो-तीन घण्टे सेठ नहीं रहने के लिए सैकड़ों रुपया खर्च करते हैं। फिर आप सेठ हो जाते हैं। इतना पैसा आप इतने छोटे काम के लिए क्यों खर्च करते हैं ? हमारे ऋषि-मुनियों ने इस बात पर बहुत सोचा है और उन्होंने एक तत्त्व तैयार किया है जिसे 'आतम विस्मृति रसायन' कहते हैं। यह आध्यात्मिक तत्त्व है। इसे आप आज लीजिए। बड़ी मुश्किल से किसी योगी के पास वह मिलता है। इधर आपके पाँच सौ रुपये रोज लग रहे हैं। मैं कोशिश

करूँगा कि ईश्वर की कृपा से आपको वह पचास रुपये में मिल जाय।

सेठ ने कहा—यह मुझे मालूम ही नहीं था कि भारत में ऐसे-ऐसे योगी पड़े हैं। तुम लाओ ऋषियों का वह तत्त्व।

टैक्सी वाला बोला—साब, मैं पचास रुपये उनसे लेकर गया। बीस रुपये की दारू खरीदी। द्राक्षासव की शीशी में पाँच-छह पैग भरा। इत्र डाला, लौंग डाली, इलायची डाली। शीशी का लेबिल निकाल कर उस पर लिखा "आत्म विस्मृति तत्त्व"। नीचे नाम लिखा 'मुनि आत्म ज्ञानी'।

मैंने कहा—तुम बड़े होशियार आदमी हो।

उसने कहा—साब, दुनिया होशियार है। इसमें जो होशियार न हो, वह तो मार डाला जायगा।

मेरी जिज्ञासा बढ़ी। मैंने कहा—फिर क्या हुआ? उसने कहा—मैंने सेठ को गिलास में लगभग दो पैग डालकर दिये और कहा, परमपिता परमेश्वर का नाम लेकर इसे बिना साँस लिए पी जाइये।

दारू सुगंधित और स्वादिष्ट थी। सेठजी उसे पी गये। पन्द्रह मिनिट बाद मैंने पूछा—सेठजी, आत्मा कैसी है?

वे बोले—आत्मा आनन्द में है। मैं तो अब आत्मा में ही रह गया हूँ।

मैंने पूछा—बिजनेस का कुछ ख्याल है?

वे बोले—कौन-सा बिजनेस? मैं तो बिजनेस नहीं करता। मैंने उन्हें एक पैग और दे दी। पाँच मिनिट बाद पूछा—सेठजी, क्या आप बम्बई के सेठ राधेश्याम जी हैं?

वे बोले—बम्बई में कोई सेठ राधेश्याम नहीं है। एक था पर अब वह नहीं है।

मैंने पूछा—माया-मोह का क्या हाल-चाल है?

जवाब दिया—न माया न मोह। हम शुद्ध आत्मा हैं।

मैंने पूछा—आपका नाम क्या है?

उन्होंने कहा—अब मैं हूँ ही नहीं तो मेरा नाम क्या होगा? मैं तो बस ईश्वर हूँ। और वह ठीक वह हरकतें करने लगा जैसे गुरु के सामने करता था।

टैक्सी वाला बयान कर रहा था। सेठ बोले—वह साला योगी हजारों रुपये खर्च करवाता है। दो-तीन घण्टे कसरत करवाता है। तुमने हमें पन्द्रह मिनिट में मनुष्य से ईश्वर बना दिया। आज से तुम टैक्सी ड्राइवर नहीं, मेरे गुरु हुए।

हजारों रुपयों का काम तुमने पचास रुपयों में करवा दिया।

मैंने पूछा—फिर क्या हुआ ?

टैक्सी ड्राइवर बोला—फिर यह हुआ कि सेठ ने अपना बस्ता खोला और नोटों के बंडल मेरे चरणों पर रख दिये।

मैंने कहा—यह सब आप क्यों मुझे दे रहे हैं ? मैं तो आपका सेवक हूँ।

सेठ ने कहा—नहीं, तुम मेरे गुरु हो। वह साला योगी गुरु हजारों रुपये लेकर भी हमारी आत्मा का हमसे साक्षात्कार नहीं करवा सकता। पर तुमने सिर्फ पचास रुपये में हमें ईश्वर बना दिया।

कई दिनों बाद वह टैक्सी वाला मुझे मिला।

उसने दाढ़ी बढ़ा ली थी। गेरुआ वस्त्र धारण किये थे।

मैंने पूछा—यह तुम्हें क्या हो गया ? क्या टैक्सी नहीं चलाते ? क्या संन्यासी हो गये ?

उसने कहा—नहीं साब। आपसे क्या छिपाऊँ ? अभी भी मैं टैक्सी ही चलाता हूँ—पर अब मेरी टैक्सी यहाँ से सिर्फ परमात्मा के पास जाती है। सुना है, उस गुरु का बिजनेस मेरे कारण ढीला हो गया है। देखिये साब, यह तो बिजनेस का मामला है—जहाँ तक टैक्सी जायगी वहाँ तक का किराया मिलेगा। उस गुरु की टैक्सी आत्मा तक जाती थी, पर मेरी टैक्सी परमात्मा तक जाती है। आखिर दूर के मुसाफिर मेरे ही पास आयेंगे न। और मेरा चार्ज भी कितना कम है !

मैंने पूछा—अब आगे क्या प्रोग्राम है ?

उसने कहा—साब, बिजनेस जम गया है। पर एक बार अमेरिका हो आना चाहता हूँ। अमेरिका हो आने से ईश्वर खुद ही पास सरक आता है, और ईश्वर पास सरक आये तो बिजनेस ही बिजनेस है।

वैष्णव की फिलसन

वैष्णव करोड़पति है। भगवान विष्णु का मंदिर। जायदाद लगी है। भगवान सूदखोरी करते हैं। ब्याज से कर्ज़ देते हैं। वैष्णव दो घंटे भगवान विष्णु की पूजा करते हैं, फिर गादी-तकिये वाली बैठक में आकर धर्म को धन्धे से जोड़ते हैं। धर्म धन्धे से जुड़ जाय, इसी को 'योग' कहते हैं। कर्ज़ लेने वाले आते हैं। विष्णु भगवान के वे मुनीम हो जाते हैं। कर्ज़ लेने वाले से दस्तावेज़ लिखवाते हैं—

'दस्तावेज़ लिख दी रामलाल वल्द श्यामलाल ने भगवान विष्णु वल्द नामालूम को ऐसा जो कि—

वैष्णव बहुत दिनों से विष्णु के पिता के नाम की तलाश में है, पर वह मिल नहीं रहा। मिल जाय तो वल्दियत ठीक हो जाय।

वैष्णव के पास नम्बर दो का बहुत पैसा हो गया है। कई एजेंसियाँ ले रखी हैं। स्टाकिस्ट हैं। जब चाहे माल दबाकर 'ब्लैक' करने लगते हैं। मगर दो घंटे विष्णु-पूजा में कभी नागा नहीं करते। सब प्रभु की कृपा से हो रहा है। उनके प्रभु भी शायद दो नम्बरी हैं। एक नम्बरी होते, तो ऐसा नहीं करने देते।

वैष्णव सोचता है—अपार नम्बर दो का पैसा इकट्ठा हो गया है। इसका क्या किया जाय? बढ़ता ही जाता है। प्रभु की लीला है। वही आदेश देंगे कि क्या किया जाय।

वैष्णव एक दिन प्रभु की पूजा के बाद हाथ जोड़कर प्रार्थना करने लगा—प्रभु, आपके ही आशीर्वाद से मेरे पास इतना सारा दो नम्बर का धन इकट्ठा हो गया है। अब मैं इसका क्या करूँ? आप ही रास्ता बताइये। मैं इसका क्या करूँ? प्रभु, कष्ट हरो सबका!

तभी वैष्णव की शुद्ध आत्मा से आवाज़ उठी—अधम, माया जोड़ी है, तो माया का उपयोग भी सीख। तू एक बड़ा होटल खोल। आजकल होटल बहुत चल रहे हैं।

वैष्णव ने प्रभु का आदेश मानकर एक विशाल होटल बनवाई। बहुत अच्छे कमरे। खूबसूरत बाथरूम। नीचे लांड्री। नाई की दूकान। टैक्सियाँ। बाहर बढ़िया लान। ऊपर टेरेस गार्डन।

और वैष्णव ने खूब विज्ञापन करवाया।

कमरे का किराया तीस रुपया रखा।

फिर वैष्णव के सामने धर्म-संकट आया। भोजन कैसा होगा? उसने सलाहकारों से कहा—मैं वैष्णव हूँ। शुद्ध शाकाहारी भोजन कराऊँगा। शुद्ध घी की सब्जी, फल, दाल, रायता, पापड़ वगैरह।

बड़े होटल का नाम सुनकर बड़े लोग आने लगे। बड़ी-बड़ी कंपनियों के एक्जीक्यूटिव, बड़े अफसर और बड़े सेठ।

वैष्णव संतुष्ट हुआ।

पर फिर वैष्णव ने देखा कि होटल में ठहरने वाले कुछ असंतुष्ट हैं।

एक दिन कंपनी का एक्जीक्यूटिव बड़े तैश में वैष्णव के पास आया। कहने लगा—इतने महँगे होटल में हम क्या यह घास-पत्ती खाने के लिए ठहरते हैं? यहाँ 'नानवेज' का इंतजाम क्यों नहीं है?

वैष्णव ने जवाब दिया—मैं वैष्णव हूँ। मैं गोश्त का इंतजाम अपने होटल में कैसे कर सकता हूँ?

उस आदमी ने कहा—वैष्णव हो, तो ढाबा खोलो। आधुनिक होटल क्यों खोलते हो? तुम्हारे यहाँ आगे कोई नहीं ठहरेगा।

वैष्णव ने कहा—यह धर्म-संकट की बात है। मैं प्रभु से पूछूँगा।

उस आदमी ने कहा—हम भी बिजनेस में हैं। हम कोई धर्मात्मा नहीं हैं—न आप, न मैं।

वैष्णव ने कहा –पर मुझे तो यह सब प्रभु विष्णु ने दिया है। मैं वैष्णव धर्म के प्रतिकूल कैसे जा सकता हूँ ? मैं प्रभु के सामने नत-मस्तक होकर उनका आदेश लूँगा।

दूसरे दिन वैष्णव साष्टांग विष्णु के सामने लेट गया। कहने लगा—प्रभु, यह होटल बैठ जायगा। ठहरने वाले कहते हैं कि हमें वहाँ बहुत तकलीफ होती है। मैंने तो प्रभु, वैष्णव भोजन का प्रबंध किया है। पर वे माँस माँगते हैं। अब मैं क्या करूँ ?

वैष्णव की शुद्ध आत्मा से आवाज़ आई—मूर्ख, गाँधी जी से बड़ा वैष्णव इस युग में कौन हुआ है ? गाँधी का भजन है—'वैष्णव जन तो तेणे कहिये, जे पीर पराई जाणै रे।' तू इन होटल में रहने वालों की पीर क्यों नही जानता ? उन्हें इच्छानुसार खाना नहीं मिलता। इनकी पीर तू समझ और उस पीर को दूर कर।

वैष्णव समझ गया।

उसने जल्दी ही गोश्त, मुर्गा, मछली का इंतजाम करवा दिया।

होटल के ग्राहक बढ़ने लगे।

मगर एक दिन फिर वही एक्जीक्यूटिव आया।

कहने लगा—हाँ, अब ठीक है। मांसाहार अच्छा मिलने लगा। पर एक बात है।

वैष्णव ने पूछा—क्या ?

उसने जवाब दिया—गोश्त के पचने की दवाई भी तो चाहिये।

वैष्णव ने कहा—लवण भास्कर चूर्ण का इंतजाम करवा दूँ ?

एक्जीक्यूटिव ने माथा ठोंका।

कहने लगा—आप कुछ नहीं समझते। मेरा मतलब है—शराब। यहाँ बार खोलिये।

वैष्णव सन्न रह गया। शराब यहाँ कैसे पी जायगी ? मैं प्रभु के

चरणामृत का प्रबंध तो कर सकता हूँ। पर मदिरा ! हे राम !

दूसरे दिन वैष्णव ने फिर प्रभु से कहा—प्रभु, वे लोग मदिरा माँगते हैं। मैं आपका भक्त, मदिरा कैसे पिला सकता हूँ ?

वैष्णव की पवित्र आत्मा से आवाज आई—मूर्ख, तू क्या होटल बिठाना चाहता है ? देवता सोमरस पीते थे। वही सोमरस यह मदिरा है। इसमें तेरा वैष्णव-धर्म कहाँ भंग होता है। सामवेद में 63 श्लोक सोमरस अर्थात् मदिरा की स्तुति में हैं। तुझे धर्म की समझ है या नहीं ?

वैष्णव समझ गया।

उसने होटल में 'बार' खोल दिया।

अब होटल ठाठ से चलने लगा। वैष्णव खुश था।

फिर एक दिन एक आदमी आया। कहने लगा—अब होटल ठीक है। शराब भी है। गोश्त भी है। मगर मरा हुआ गोश्त है। हमें जिंदा गोश्त भी चाहिये।

वैष्णव ने पूछा—यह जिंदा गोश्त कैसा होता है ?

उसने कहा—कैबरे, जिसमें औरत नंगी होकर नाचती है।

वैष्णव ने कहा—अरे बाप रे !

उस आदमी ने कहा—इसमें 'अरे बाप रे' की कोई बात नहीं। सब बड़े होटलों में चलता है। यह शुरू कर दो तो कमरों का किराया बढ़ा सकते हो।

वैष्णव ने कहा—मैं कट्टर वैष्णव हूँ। मैं प्रभु से पूछूँगा।

दूसरे दिन फिर वैष्णव प्रभु के चरणों में था। कहने लगा—प्रभु, वे लोग कहते हैं कि होटल में नाच भी होना चाहिये। आधा नंगा या पूरा नंगा।

वैष्णव की शुद्ध आत्मा से आवाज आई—मूर्ख, कृष्णावतार में मैंने गोपियों को नचाया था। चीर-हरण तक किया था। तुझे क्या संकोच है ?

प्रभु की आज्ञा से वैष्णव ने 'कैबरे' भी चालू कर दिया।

अब कमरे भरे रहते थे—शराब, गोश्त और कैबरे।

वैष्णव बहुत खुश था। प्रभु की कृपा से होटल भरा रहता था।

कुछ दिनों बाद एक ग्राहक ने 'बेयरा' से कहा—इधर कुछ और भी मिलता है ?

बेयरा ने पूछा – और क्या, साब ?

ग्राहक ने कहा—अरे यही मन बहलाने को कुछ ? कोई ऊँचे किस्म का माल मिले तो लाओ।

बेयरा ने कहा—नहीं साब, इस होटल में यह नहीं चलता।

ग्राहक वैष्णव के पास गया। बोला—इस होटल में कौन ठहरेगा ? इधर रात को मन बहलाने का कोई इंतजाम नहीं है।

वैष्णव ने कहा—कैबरे तो है साहब।

ग्राहक ने कहा—कैबरे तो दूर का होता है। बिलकुल पास का चाहिये, गर्म माल, कमरे में।

वैष्णव फिर धर्म-संकट में पड़ गया।

दूसरे दिन वैष्णव फिर प्रभु की सेवा में गया। प्रार्थना की—कृपा-निधान ग्राहक लोग नारी माँगते हैं—पाप की खान। मैं तो इस पाप की खान से जहाँ तक बनता है, दूर रहता हूँ। अब मैं क्या करूँ ?

वैष्णव की शुद्ध आत्मा से आवाज आई—मूर्ख, यह तो प्रकृति और पुरुष का संयोग है। इसमें क्या पाप और क्या पुण्य ? चलने दे।

वैष्णव ने बेयरों से कहा—चुपचाप इंतजाम कर दिया करो। जरा पुलिस से बचकर, 25 फीसदी भगवान की भेंट ले लिया करो।

अब वैष्णव का होटल खूब चलने लगा।

शराब, गोश्त, कैबरे और औरत।

वैष्णव-धर्म बराबर निभ रहा है।

इधर यह भी चल रहा है।

वैष्णव ने धर्म को धन्धे से खूब जोड़ा है।

डिवाइन ल्यूनेटिक मिशन

(याने आध्यात्मिक पागलों का मिशन)

भारत के सामने अब एक बड़ा सवाल है—अमेरिका को अब क्या भेजे ? कामशास्त्र वे पढ़ चुके, योगी भी देख चुके। संत देख चुके। साधु देख चुके। गांजा और चरस वहाँ के लड़के पी चुके। भारतीय कोबरा देख लिया। गिर का सिंह देख लिया। जनपथ पर "प्राचीन" मूर्तियाँ भी खरीद लीं। अध्यात्म का आयात भी अमेरिका काफी कर चुका और बदले में गेहूँ भी दे रहा है। हरे कृष्ण, हरे राम भी बहुत हो गया।

महेश योगी, बाल योगेश्वर, बाल भोगेश्वर आदि के बाद अब क्या हो ? मैं देश-भक्त आदमी हूँ। मगर मैं अमेरिकी पीढ़ी को भी जानता हूँ। मैं जानता हूँ, वह 'बोर' समाज का आदमी है—याने बड़ा बोर आदमी। शेअर अपने आप डालर दे जाते हैं। घर में टेलिविजन है, दारू की बोतलें हैं। शाम को वह दस-पन्द्रह आदमियों से 'हाउ डु यू डू' कर लेता है। पर इससे बोरियत नहीं मिटती। हनोई पर कितनी भी बम-वर्षा अमेरिका करे, उत्तेजना नहीं होती। कुछ चाहिये उसे। उसे भारत से ही चाहिये।

मुझे चिंता जितनी बड़ी अमेरिका की है उतनी ही भारतीय भाइयों की। इन्हें भी कुछ चाहिए।

अब हम भारतीय भाई वहाँ डालर और यहाँ रुपयों के लिए क्या

ले जायें ? रविशंकर से वे बोर हो चुके। योगी, संत वगैरह भी काफी हो चुके। अब उन्हें कुछ नया चाहिये—बोरियत खत्म करने और उत्तेजना के लिए। डालर देने को वे तैयार हैं।

मेरा विनम्र सुझाव है कि इस बार हम भारत से 'डिवाइन ल्यूनेटिक मिशन' ले जायें। ऐसा मिशन आज तक नहीं गया। यह नायाब चीज होगी—भारत से 'डिवाइन ल्यूनेटिक मिशन' याने आध्यात्मिक पागलों का मिशन।

मैं जानता हूँ। आम अमेरिकी कहेगा—वी हेव सीन वन। हिज नेम इज कृष्ण मेनन। (हमने एक पागल देखा है। उसका नाम कृष्ण मेनन है।) तब हमारे एजेंट कहेंगे--वह 'डिवाइन' (आध्यात्मिक) नहीं था। और पागल भी नहीं था। इस वक्त सच्चे आध्यात्मिक पागल भारत से आ रहे हैं।

मैं जानता हूँ, आध्यात्मिक मिशनें 'स्मगलिंग' करती रहती हैं। पर भारत सरकार और आम भारतीयों को यह नहीं मालूम कि लोगों को 'स्वर्ग' में भी स्मगल किया जाता है। यह अध्यात्म के डिपार्टमेन्ट से होता है। जिस महान् देश भारत में गुजरात के एक गाँव में एक आदमी ने पवित्र जल बाँटकर गाँव उजाड़ दिया, वह क्या अमेरिकी को स्वर्ग में 'स्मगल' नहीं कर सकता ?

तस्करी सामान की भी होती है—और आध्यात्मिक तस्करी भी होती है। कोई आदमी दाढ़ी बढ़ाकर एक चेले को लेकर अमेरिका जाय और कहे—'मेरी उम्र एक हजार साल है। मैं हजार सालों से हिमालय में तपस्या कर रहा था। ईश्वर से मेरी तीन बार बातचीत हो चुकी है।' विश्वासी पर साथ ही शंकालु अमेरिकी चेले से पूछेगा—क्या तुम्हारे गुरु सच बोलते हैं ? क्या इनकी उम्र सचमुच हजार साल है ? तब चेला कहेगा--मैं निश्चित नहीं कह सकता, क्योंकि मैं तो इनके साथ सिर्फ पाँच सौ सालों से हूँ।

याने, चेले पाँच सौ सालों के वैसे ही हो गये और अपनी अलग कंपनी खोल सकते हैं।

तो मैं भी सोचता हूँ कि सब भारतीय माल तो अमेरिका जा चुका—कामशास्त्र, अध्यात्म, योगी, साधु वगैरह।

अब एक ही चीज हम अमेरिका भेज सकते हैं—वह है भारतीय आध्यात्मिक पागल—इंडियन डिवाइन ल्यूनेटिक। इसलिए मेरा सुझाव है कि 'इंडियन डिवाइन ल्यूनेटिक मिशन' की स्थापना जल्दी ही होनी चाहिए। यों मेरे से बड़े-बड़े लोग इस देश में हैं। पर मैं भी भारत की सेवा के लिए और बड़े अमेरिकी भाई की बोरियत कम करने के लिए कुछ सेवा करना चाहता हूँ। यों मैं जानता हूँ कि हजारों सालों से 'हरे राम हरे कृष्ण' का जय करने के बाद भी शक्कर सहकारी दुकान से न मिलकर ब्लैक से मिलती है—तो कुछ दिन इन अमरीकियों को राम-कृष्ण का भजन करने से क्या मिल जायगा ? फिर भी सम्पन्न और पतनशील समाज के आदमी के अपने शांति और राहत के तरीके होते हैं—और अगर वे भारत से मिलते हैं, तो भारत का गौरव ही बढ़ता है। यों बरट्रेंड रसेल ने कहा है—अमेरिकी समाज वह समाज है जो बर्बरता से एकदम पतन पर पहुँच गया है—वह सभ्यता की स्टेज से गुजरा ही नहीं। एक स्टेप गोल कर गया।

मुझे रसेल से भी क्या मतलब ? मैं तो नया अंतर्राष्ट्रीय धंधा चालू करना चाहता हूँ—'डिवाइन ल्यूनेटिक मिशन'। दुनिया के पगले शुद्ध पगले होते हैं—भारत के पगले आध्यात्मिक होते हैं।

मैं 'डिवाइन ल्यूनेटिक मिशन' बनाना चाहता हूँ। इसके सदस्य वही लोग हो सकते हैं, जो पागलखाने में न रहे हों। हमें पागलखाने के बाहर के पागल चाहिये याने वे जो सही पागल का अभिनय कर सकें। योगी का अभिनय करना आसान है। ईश्वर का अभिनय करना भी आसान है। मगर पागल का अभिनय करना बड़ा कठिन है। मैं योग्य लोगों की तलाश में हूँ। दो-एक प्रोफेसर मित्र मेरी नजर में हैं जिनसे

मैं मिशन में शामिल होने की अपील कर रहा हूँ।

मिशन बनेगा और जरूर बनेगा। अमेरिका में हमारी एजेंसी प्रचार करेगी—सी रीयल इंडियन डिवाइन ल्यूनेटिक्स (सच्चे भारतीय आध्यात्मिक पागलों को देखो।) हम लोगों के न्यूयार्क हवाई अड्डे पर उतरने की खबर अखबारों में छपेगी। टेलीविजन तैयार रहेगा।

मिसेज राबर्ट, मिसेज सिम्पसन से पूछेगी—तुमने क्या सच्चा आध्यात्मिक भारतीय पागल देखा है?

मिसेज़ सिम्पसन कहेगी—नो, इज़ देअर वन इन दिस कंट्री 'अंडर गाड'?

मिसेज़ राबर्ट कहेगी—हाँ, कल ही भारतीय आध्यात्मिक पागलों का एक मिशन न्यूयार्क आ रहा है। चलो हम लोग देखेंगे। इट विल बी ए रीअल स्पिरिचुअल एक्सपीरियंस। (वह एक विरल आध्यात्मिक अनुभव होगा।)

न्यूयार्क हवाई अड्डे पर हमारे भारतीय पागल आध्यात्मिक मिशन के दर्शन के लिए हजारों स्त्री-पुरुष होंगे—उन्हें जीवन की रोज ही बोरियत से राहत मिलेगी। हमारा स्वागत होगा। मालाएँ पहनाई जायेंगी। हमारे ठहराने का बढ़िया इंतजाम होगा।

और तब हम लोग पागल अध्यात्म का प्रोग्राम देंगे। हर गैरपागल पहले से शिक्षित होगा कि वह सच्चे पागल की तरह कैसे नाटक करे।

प्रवेश-फीस 50 डालर होगी और हजारों अमेरिकी हजारों डालर खर्च करके 'इंडियन डिवाइन ल्यूनेटिक्स' के दर्शन करने आयेंगे।

हमारा धंधा खूब चलेगा। मैं मिशन का अध्यक्ष होने के नाते भाषण दूंगा—'वी आर रीअल इंडियन डिवाइन ल्यूनेटिक्स। अवर ऋपीज़ एण्ड मुनीज़ थाउसेण्ड ईअर्स एगो सेड दैट दि वे टु रीअल इंटरनल पीस एण्ड साल्वेजन लाइज़ थ्रू ल्यूनेसी। (हम लोग भारतीय अध्यात्मिक पागल हैं। हमारे ऋषि-मुनियों ने हजारों साल पहले कहा था कि

आंतरिक शांति और मुक्ति पागलपन से आती है ।)

इसके बाद मेरे साथी तरह-तरह के पागलपन के करतब करेंगे और डालर बरसेंगे।

जिन लोगों को इस मिशन में शामिल होना है, वे मुझसे सम्पर्क करें। शर्त यह है कि वे वास्तविक पागल नहीं होने चाहिये । वास्तविक पागलों को इस मिशन में शामिल नहीं किया जायगा—जैसे सच्चे साधुओं को साधुओं की जमात में शामिल नहीं किया जाता ।

अमेरिका से लौटने पर, दिल्ली में रामलीला ग्राउण्ड या लाल किले के मैदान में हमारा शानदार स्वागत होगा। मैं कोशिश करूंगा कि प्रधानमंत्री इसका उद्‌घाटन करें।

वे समय न निकाल सकीं तो कई रातनैतिक वनवास में तपस्या करते नेता हमें मिल जायेंगे।

दिल्ली के 'स्मगलर' हमारा पूरा साथ देंगे ।

कस्टम और एनफोर्स मुहकमे से भी हमारी बातचीत चल रही है। आशा है वे भी अध्यात्म में सहयोग देंगे ।

स्वागत समारोह में कहा जायगा—यह भारतीय अध्यात्म की एक और विजय है, जब हमारे आध्यात्मिक पगले विश्व को शांति और मोक्ष का संदेश देकर आ रहे हैं। आशा है आध्यात्मिक पागलपन की यह परम्परा देश में हमेशा विकसित होती रहेगी ।

'डिवाइन ल्यूनेटिक मिशन' को जरूर अमेरिका जाना चाहिये । जब हमारे और उनके राजनैतिक संबंध सुधर रहे हैं तो पागलों का मिशन जाना बहुत जरूरी है।

वे बहादुरी से बिके

आ—ओ।

उन्होंने कहा। आ और ओ के बीच में 30 सेकण्ड का अंतर।

बै—ठो।

बै और ठो में 30 सेकण्ड का अंतर। मैं बैठ गया।

उन्होंने अंगड़ाई ली और जमुहाई ली। बहुत कलात्मक—जैसे नाचते-नाचते बिरजू महाराज को जमुहाई आ जाए तो वे उसे भी अपनी नृत्य मुद्रा में शामिल कर लें।

हूँ—उन्होंने उच्चरित किया और बड़ी देर तक इसकी अनुगूंज सुनते रहे। बहुत बड़े लेखक हैं। बहुत पैसे वाले हैं। बहुत प्रतिष्ठा वाले हैं। किसी दिलचस्प बात पर या किसी पर खुश होकर ओंठों के बाएँ कोने पर 1/15 सेंटीमीटर की मुस्कान लाकर कृतार्थ कर देते हैं। पूरे व्यक्तित्व में सामंत रौब है।

ड्राइंग-रूम मैंने एक से एक अच्छे देखे हैं मगर इस ड्राइंग-रूम में मैं आतंकित हो जाता हूँ। मुझे लगता है, कार्पेट पर कीले लगे हैं जो मेरे जूतों को छेदकर पैरों में चुभते हैं। सोफा मेरी पीठ पर लद गया है। दीवान मेरे सिर पर बैठा है। पर्दा मेरी गर्दन मे फाँसी लगाता है। उनका हर रोम जैसे एक तीर है जो 'मैं-मैं' की ध्वनि निकालता हुआ मेरी तरफ़ लपकता है और मेरे शरीर में घुस जाता है। मुझे लगता है

चारों दीवारें मेरी तरफ़ बढ़ रही हैं और मुझे दबोच लेंगी।

कहने लगे—तुम्हारी स्टेट में यह क्या गड़बड़ मची है?

मैंने कहा—हाँ, दो जगह वहाँ साम्प्रदायिक दंगे हो गए। पहले अकाल का डर था अवर्षा से। फिर खूब पानी बरसा तो अब बाढ़ का संकट आ गया। अकाल की आशंका से लाखों छोटे किसान और खेत मज़दूर दूर-दूर प्रदेशों में रोटी कमाने चले गए थे। वर्षा होने पर उनमें से आधे ही समय पर लौट पाए। बाकी आधों के खेत बिना बोए पड़े हैं।

वे बोले—मैं यह सब नहीं पूछ रहा हूँ। मैं पूछता हूँ, सरकार जो थोक पुस्तकें खरीदती है, उसमें यह क्या धाँधली मची हुई है।

मैंने कहा—हाँ, इस मामले में कुछ विवाद है।

उन्होंने कहा—तुम्हारी पुस्तकें खरीदी गई हैं?

मैंने जवाब दिया—मेरी दो पुस्तकों की हजार-हजार प्रतियाँ खरीदी गई हैं। उनके मुख पर धिक्कार का भाव आया। मुझे उस धिक्कार भाव से ही मर जाना चाहिए था। वे बोले—तुम लोग बड़ी जल्दी और आसानी से बिक जाते हो।

मैंने पूछा—देर से और मुश्किल से बिकने के क्या फायदे हैं? किताबें बिकी हैं। मैं तो आपके सामने बैठा हूँ, किसी सरकारी लाइब्रेरी की अलमारी में नहीं हूँ।

उन्होंने कहा—तुम लोग लेखक के सम्मान और स्वतंत्रता की रक्षा नहीं कर सकते।

मैंने निवेदन किया—हम छोटे लोग हैं, गरीब लोग हैं। मगर ग्राहक को माल नहीं बेचने से सम्मान और स्वतंत्रता की रक्षा कैसे हो जाती है। मैं अगर प्रकाशक के सामने शर्त रखूँ कि मेरी पुस्तक वह सरकार को न बेचे, तो वह कहेगा—इस पांडुलिपि का अचार डाल लेना। मसाले के पैसे मुझसे लेते जाओ। फिर 150 पृष्ठों की पुस्तक की क़ीमत आजकल पच्चीस रुपये होती है। उसे कौन पाठक खरीदेगा। साधारण आदमी पुस्तकें इन्हीं सरकारी लाइब्रेरियों से पढ़ते हैं। अपनी पुस्तक

पाठक तक न पहुँचने देना कौनसी लेखकीय नैतिकता है ।

उन्होंने कहा—तुम नहीं समझते । सरकार इस बहाने लेखक को खरीदती है । मैं नहीं बेचता अपनी किताबें तुम्हारी सरकार को । आई डोंट सेल मीसेल्फ । तुम्हारा यह सेक्रेटरी गड़बड़ आदमी है ।

मैंने कहा—सेक्रेटरी बदल जाए, तो क्या किताबें बेच देंगे ?

उन्होंने डाँटा—नो हाइपोथेटिकल क्वश्चन । आई हैव सेल्फ रिस-पेक्ट ! मैं सरकार का मोहताज नहीं हूँ ।

उन्होंने लय में अँगड़ाई ली । फिर उन्होंने आँखें बंद कीं और चिंतन मुद्रा में हो गए । मैं समझ गया कि आँखें खुलते ही ये दार्शनिक या अंतर्राष्ट्रीय हो जायेंगे ।

आँखें खुलीं । बोले—यह चिरंतन प्रश्न है—राजसत्ता और लेखक के सम्बन्ध का । दुनिया भर में यह समस्या है । पिछले साल जब मैं पैरिस में था, तब मेरे मित्र ज्याँ पाल सार्त्र से मेरी इसी बात पर चर्चा हुई । मैंने पूछा—सार्त्र, फ्रेंच सरकार तो लोकतांत्रिक है । फिर तुम्हारा झगड़ा उससे क्यों चलता रहता है ?

मैंने कहा—सार्त्र को मरे तो 4 साल हो गए । पिछले साल वे आपको कहाँ मिले होंगे ।

उन्होंने कहा—आई एम सॉरी । वह सार्त्र नहीं, आंद्रे मोलराँ था ।

मैंने कहा—आंद्रे मोलराँ को मरे भी 6 साल हो गए ।

वे बेहिचक बोले —मेरी 'मेमोरी' को क्या हो गया । नाऊ आई एम डेफिनिट । पाब्लो नेरूदा से मेरी बात पिछले साल हुई थी ।

मैंने नहीं कहा कि नेरूदा तो 1974 में मर गए थे । कहता तो वे कहते—पिछले साल लंदन में मैं शेक्सपियर से मिला था ।

अब यहाँ 'स्टेटुटरी वार्निंग' देना जरूरी हो गया है जैसा सिगरेट के पैकेट पर छपा रहता है—इसे किसी लेखक विशेष के बारे में कहानी मानना ग़लत और खतरनाक होगा । साहित्य के क्षेत्र के लोग अंदाज न लगायें कि यह अमुक या तमुक के बारे में है । यह इन दिनों चल रहे

विवाद की प्रवृत्ति की कहानी है ।

उन्होंने कहा—मैं तो किसी सरकार की परवाह नहीं करता । मगर तुम्हारा यह सेक्रेटरी मुझसे क्यों नाराज़ है ?

मैंने कहा—आपने कैसे जाना कि वह आपसे नाराज़ है ?

उन्होंने कहा—वह मेरी पुस्तकें नहीं खरीदता ।

मैंने कहा—मगर आप पुस्तकें बेचना ही नहीं चाहते । आप पुस्तकों का बिकना लेखक का बिकना मानते हैं ।

उन्होंने पूछा—तुम क्या अपने को स्वतंत्र मानते हो ?

मैंने कहा—बिलकुल स्वतंत्र हूँ । सरकार की चापलूसी तो करता नहीं हूँ । डटकर सरकार की आलोचना करता हूँ । आप देखते नहीं, मैं कितना लिखता हूँ सरकार के खिलाफ ।

उन्होंने कहा—तुम्हारा चल जाता है । मैं एक शब्द भी बोलूं तो उसका असर होता है ।

मैंने कहा—सो तो है ही । आप कुछ बोलें और तूफान खड़ा हो जाए तो उसे संभालेगा कौन ? जवाहरलाल नेहरू तो रहे नहीं कि संभाल लें ।

उन्हें संतोष हुआ ।

कहने लगे—मैं···तो परवाह नहीं करता । मगर यह तुम्हारा सेक्रेटरी है, कुछ गड़बड़ आदमी है । मुझसे न जाने क्यों नाराज़ है ।

मैंने कहा—नाराज़ होकर आपका क्या बिगाड़ लेगा ? रहे नाराज़ । आप भी उससे नाराज़ रहिए ।

उन्होंने कहा—सो तो ठीक है । मगर एक बिहार का सेक्रेटरी भी तो है । उसने मेरी चार किताबों की तीन-तीन हज़ार प्रतियाँ खरीदीं ।

मैंने कहा—जी हाँ, मुझे मालूम है । मैंने सुना है कि आपने उसे कुछ 'गिफ्ट' भी दिया था ।

वे थोड़ा सकपकाए—व्हाट नानसेंस ! गिफ्ट और किताबों की खरीद का क्या सम्बन्ध ! मेरे उसके व्यक्तिगत सम्बन्ध हैं । मित्रता है । हम

लोग आपस में 'गिफ्ट' देते रहते हैं।

मैंने कहा—यह बहुत अच्छी बात है। मगर सेक्रेटरियों से 'गिफ्ट' वाली मित्रता का सीजन कब होता है। यह एक मार्च से इकत्तीस मार्च तक होता है, जब सरकार थोक खरीद करती है।

उन्होंने कहा—छोड़ो इस बात को। लीव इट एट दैट !

मैंने कहा—एक बात मुझे समझाइए। किसी स्टेट सरकार को किताबें बेचना तो लेखक का बिकना हो गया, मगर दूसरी स्टेट सरकार को किताबें बेचना लेखक का बिकना नहीं हुआ। दोनों एक ही पार्टी की सरकारें हैं।

चाय नाश्ता आ गया। कटलेट और पॉट में चाय।

नाश्ता करते-करते वे बोले—मैं तो कभी-कभी नाश्ते में भुने हुए चने और लाई ले लेता हूँ। मैं इस मामले में बहुत फक्कड़ हूँ। एक बार मैं और डॉक्टर लोहिया बैठे-बैठे चने खाते रहे।

मैंने कहा—आपकी बात निराली है। आपको शोभा देता है। हमें कोई चना खाते देख ले तो कहेगा—यह भुक्खड़ लेखक चने खाकर दिन काट रहा है। डॉक्टर लोहिया से आपकी अच्छी दोस्ती थी न !

उन्होंने कहा—हाँ, वह हमारा दोस्त था। पर मैं उसकी पार्टी में नहीं रहा। मैंने 1951 में समाजवादी पार्टी छोड़ दी थी।

मैंने कहा—इसके बाद पार्टी संभली ही नहीं। टुकड़े होते गए। आप होते तो पार्टी को संभालते।

उन्होंने कहा—हम जहाँ होते हैं अपनी शर्त पर होते हैं।

मैंने कहा—आप पार्टी के मोहताज नहीं हैं, पार्टी आपकी मोहताज है।

वे खुश हुए। मैंने उन्हें खुश रहने दिया। उन्होंने फिर जम्हाई ली।

मैं उठने लगा। वे मुझे बिठाना चाहते थे, मैं दुविधा में था। उनके पास बैठने में दिक्कत यह है कि उनकी ही बातें सुननी पड़ती हैं। खुद कुछ बोलो तो वह भी उन्हीं के बारे में होना चाहिए।

मैंने उन्हीं के बारे में आख़िरी बात उठाई—मैं अभी राजधानी से आ रहा हूँ। मुझे बताया सेक्रेटरी ने कि इस बार आपकी तीन पुस्तकें खरीदी जा रही हैं।

वे उठकर खड़े हो गए। बोले—पक्का है? किसने बताया तुम्हें?

मैंने कहा—खुद सेक्रेटरी ने। हज़ार-हज़ार प्रतियाँ खरीदी जायेंगी। अगले महीने आर्डर आ जाएगा।

वे उठ खड़े हुए। चेहरा खिल उठा। बोले—हज़ार-हज़ार क्यों? तीन-तीन हजार खरीदना चाहिए। सेक्रेटरी से कहना।

मैंने कहा—सेक्रेटरी बहुत गड़बड़ आदमी है। सब सेक्रेटरी एक-से होते हैं। एक ही शासकीय मशीन के पुर्जे हैं। इनका अहसान क्यों लेना।

वे बोले—तुम जल्दबाजी में राय बनाते हो। यह सेक्रेटरी जरा अलग किस्म का है। भला है। इसके पिता से मेरे अच्छे सम्बन्ध रहे हैं।

मैंने कहा—मैं तो आपसे यह कहने आया था कि आप किताबें मत बेचिए। आर्डर आए तो मना कर दीजिए। आप हमारी नाक हैं। हमारे गौरव हैं। हम तो मजबूरी में बिकते हैं। आपको कोई मजबूरी नहीं है। आप हम लेखकों की लाज रख लीजिए।

वे उत्तेजित हो गए—कैसी बात करते हो! हम किताबें क्यों नहीं बेचेंगे? हम क्या डरते हैं? तुम उस सेक्रेटरी के प्रति पूर्वाग्रह से ग्रस्त हो।

मैंने हाथ जोड़कर कहा—मैं प्रार्थना करता हूँ कि आप किताबें सरकार को मत बेचिए। आप मत बिकिए। आप हमारी शान हैं।

उन्होंने कहा—हम बेचेंगे, बेचेंगे, बेचेंगे। हम डरते नहीं हैं। आख़िर इस गरीब देश की जनता तक पुस्तकें पहुँचाना भी तो हमारा कर्तव्य है।

मैंने कहा—तो मैं चलूं।

उन्होंने कहा—हाँ, ठीक है। फिर आना। मगर भूलना मत। सेक्रेटरी पर दवाव डालना कि तीन-तीन हजार किताबें खरीदे। तीन नहीं तो कम से कम दो हज़ार तो खरीदना ही चाहिए। उसके फादर से मेरे अच्छे सम्बन्ध थे।

शेष शुभ। मैं लौटा तो लग रहा था जैसे क्रांतिकारिता की समाधि पर फूलों के बदले फटे-पुराने जूते चढ़ाकर जा रहा हूँ।

अहले वतन में इतनी शराफत कहाँ है जोश

अभी ग्वालियर में एक समारोह हुआ—"महत्त्व हरिशंकर परसाई" मैं ग्वालियर में नहीं था, रायपुर में था। मेरी गैरहाजिरी में मेरे महत्त्व का हिसाब लगाया गया। यह अच्छा हुआ। मैं खुद होता तो कुछ बातों का प्रतिवाद हो सकता था। जब प्रतिवाद करने वाला नहीं हो तो जिसके पास उसके साहित्य के बारे में कहने को कुछ नहीं है, वह यह भी कह सकता है कि यह लेखक चोरी करता था। यही बात सबसे महत्त्वपूर्ण मानी जायगी और अखबारों में इसी का शीर्षक बनेगा। प्रेमचन्द शताब्दी वर्ष में प्रेमचन्द की शान में कानपुर में एक समारोह हुआ। उसमें प्रेमचन्द के साहित्य का विवेचन हुआ। मगर एक पुरातत्ववेत्ता ने कहा कि प्रेमचंद की एक रखैल थी। प्रेमिका रही होगी। कोई हर्ज नहीं। जोश मलीहाबादी के तो 19 प्रेमकांड थे। मगर प्रेमिका और रखैल में फर्क है। दूसरे दिन अखबारों में शीर्षक ऐसा नहीं था कि प्रेमचन्द महान लेखक थे। शीर्षक था—प्रेमचन्द की एक रखैल थी। प्रेमचन्द की सारी साहित्य-साधना रखैल में समा गई।

ग्वालियर से लौटे मित्रों ने बताया कि किसी ने कहा—आप लोग क्या जानें परसाई को। मैं उन्हें 30 सालों से जानता हूँ। बेचारे ने बड़ी मुश्किल में दिन गुजारे हैं। खाने का ठिकाना नहीं था। हम लोग उनके

भोजन का इंतजाम करते थे। किताबें देकर उन्हें हमने एम. ए. कराया। वगैरह।

मुझे सुनकर बुरा नहीं लगा। मुझे खुशी हुई कि भारतीय साहित्य की वह उज्ज्वल परम्परा अभी जीवित है, जिसके अनुसार हर लेखक के बारे में कहा जाता है कि वह गरीब और भुखमरा था। धिक्कार है इस समाज को जो माँ भारती के सपूतों को भूखा रहने देता है। कोई लेखक चाहे वह लखपति ही क्यों न हो, मर जाय, तो फौरन उसके सम्मान में शोक सभा, जिसमें उसके गुणगान। मगर यह जरूर कहा जायगा कि हाय, हाय, इस समाज ने उसके साथ न्याय नहीं किया। बेचारा बड़ी मुसीबत में जिया। भूखा मरता था। अच्छे खाते-पीते लोग, घर से उम्दा भोजन कर निश्चित होकर ऐसी सभा में बैठते हैं और कहते है, हाय, हाय, बेचारा लेखक भूखा मरता था। अगर लेखक मर चुका है, तब तो आनन्द ही आनन्द है। वह कम्बख्त प्रतिवाद तो कर नहीं सकता इसलिए लोग वेधड़क कहते हैं कि मैं उसे रुपये देता था, मैं उसके भोजन का प्रबंध करता था, मैं उसके कपड़े सिलवा देता था।

लेखक की दीनता का बयान और उसे जिन्दा रखने के अपने त्याग पर जो प्रतिष्ठा अर्जित करना चाहते हैं उन बेचारों की मुसीबत यह है कि मैं जिन्दा हूँ और चंगा हूँ। मैं प्रतिवाद कर सकता हूँ। मुझे मरने में देर है। इस कारण मेरी दीनता के भरोसे जो प्रतिष्ठा चाहते हैं, उसमें धीरज रखना पड़ेगा। मैं उन्हें प्रतिष्ठा दूंगा, पर मरने के बाद। अभी मैं उनके लिए कुल इतना कर सकता हूँ कि उन्हें मेरी निंदा करने दूँ। कुछ लोगों को जानता हूँ जो अपना कामधाम छोड़ सारा समय अपनी निंदा में लगाते हैं और खुश रहते हैं। मैं उन्हें खुश रहने देता हूँ। मैं इन स्थानीय, प्रांतीय और अखिल भारतीय निंदकों को खुश रखने की छूट देता हूँ। अगर सूअर मैला खाकर परम आनन्द अनुभव करता है तो मैं उसे फल खाने की सलाह देकर उसका मजा किरकिरा नहीं करना चाहता। दुख इतना ही है कि दिन-भर मैले की तलाश में रहकर सूअर

कोई रचनात्मक काम नहीं कर पाता। भगवान का वाराह अवतार कम से कम इतना लोकहित तो करता ही है कि मैदान में पड़े मल को उदरस्थ कर लेता है।

ग्वालियर में दुखद स्थिति यह पैदा हुई कि मुझे 30 साल से जानने वालों ने जब मेरी दीनता का उल्लेख किया, तो वहाँ मुझे 35 साल से जानने वाले निकल आये। अब 30 और 35 साल वाले में विवाद हो गया। 35 साल से जानने वालों ने कहा—परसाई कभी दीन नहीं रहे। कभी भूखे नहीं रहे। कभी कपड़े की तंगी नहीं रही। किसी के मोहताज, परमुखापेक्षी नहीं रहे। वे कमाते रहे हैं और जीते रहे हैं। मैं क्या कहूँ? इन 35 साल वाले शुभचिंतकों ने वह सहानुभूति भी छीन ली जो 30 साल वाले मुझे दे रहे थे। 30 साल से मेरी दीनता जानने वाले और निकलते, वातावरण बनता और तब वह होता जो भारतीय लेखक की सुखद नियति है। हल्ला होता—परसाई घोर आर्थिक कष्ट में हैं। चन्दा करो। चन्दा करने वाले कद्रदान खड़े हो जाते। हजार रुपया इकट्ठा करते तो सात सौ खुद खाते, पर मुझे तीन सौ रुपये तो फिर भी मिलते। कुछ धन मेरे पास हो जाता। पर मेरी प्रतिष्ठा के रक्षक इन मित्रों ने मेरा यह लाभ भी छीन लिया।

अपनी बात कहूँ तो यह कि 18 साल की उम्र से काम कर रहा हूँ। जंगल विभाग से नौकरी शुरू की। बाद में कई साल अध्यापकी की। अध्यापकी छोड़ी तो नियमित लिखता रहा। अभी भी लिखता हूँ। मैं औसत आदमी से डेवढ़ा काम करता हूँ। औसत आदमी अगर 8 घंटे काम करता है तो मैं 14 घंटे काम करता हूँ। आसन भंग आदमी नहीं हूँ। आसन से मत डोल री तोहे पिया मिलेंगे। घूंघट पट भी काफी खुले रखता हूं। कहानी, निबंध, उपन्यास के सिवा मैं हर हफ्ते कालम लिखता हूँ—जी हाँ, 3 कालम। ये व्यंग्य के कालम होते हैं, और व्यंग्य रचनात्मक लेखन होता है, साहित्य होता है। बलात्कार, चोरी और अपहरण की रिपोर्टिंग नहीं होता।

न कभी भूखा रहा न फटे कपड़े धारण किये। सम्पन्नता कभी नहीं आयी क्योंकि मुझे धन को सँभालना नहीं आता। हिसाब में कच्चा हूँ। तंगी भी आती रही तो मित्रों से पैसे लेता रहा। ये कभी वापस नहीं किये, न करूँगा। लेन-देन में बहुत ईमानदार हूँ। जिसका लिया, उसका वापस नहीं किया। जिसे दिया उससे वापस नहीं लिया। हिसाब-किताब बराबर। टोटल करके देखा तो यह मालूम हुआ कि लगभग तीन हजार मेरे ही लेने के निकलते हैं। चेक देकर पैसे लेने का उस्ताद हूँ। इतवार को किसी को 50 रुपये का चेक देकर कहा—यार, सख्त जरूरत आ पड़ी है। आज है बैंक बन्द। यह चेक लो। कल भुना लेना। अभी रुपये दे दो। रुपये ले लिये। चेक भुना ही नहीं क्योंकि बैंक में पैसे ही नहीं थे। एक मित्र के पास जब 4 चेक अनभुने हो गये तो उसने शिकायत की। मैंने कहा—चेक रखे रहो। आगे राष्ट्रीय अभिलेखागार (नेशनल आर्काइब्ज) इन्हें 2-2 हजार में खरीद लेगा।

मुझे दया की कतई जरूरत नहीं। निन्दा की मैं परवाह नहीं करता। मैं खुद लोगों की आलोचना तो करता हूँ, पर निन्दा नहीं। दोनों में बहुत फर्क है। आलोचना स्वस्थ प्रवृत्ति है। निन्दा कैंसर है। निन्दक अपनी मौत मरता है। अकाल मृत्यु। यह उसके शरीर की नहीं उसकी आत्मा की, उसकी स्पिरिट की मृत्यु होती है। यह शायद हमारे देश के दार्शनिक, सांस्कृतिक मूल्यों की विकृति है कि किसी को दीन बनाये बिना उसे महत्त्वपूर्ण नहीं माना जाता। यह तब से चली आ रही है, जब वशिष्ठ दान से पेट भरते थे और द्रोणाचार्य के बेटे दूध के लिए बिलखते थे। त्याग अच्छा गुण है। पर लादी हुई गरीबी पाप है। ऐसा नहीं है कि दुःख हमेशा आदमी को ऊँचा उठाता है। दुःख आदमी को नीच भी बनाता है।

इस दीनता प्रसूत महत्त्व के कारण ही हर लेखक के बारे में यह कहा जाता है, कि वह भूखा मरता था। पुराने जमाने में लेखक राज्याश्रित होते थे और ठाठ से रहते थे। संत कवि अलबत्ता स्वतंत्र होते थे। वे भीख

और दान भी लेते थे, मगर ठाठ के साथ। तुलसीदास ने कहा है—माँग के खैबो मसीत को, सोइबो, लेबो को एक न देबे को दोऊ। ये संत अकड़ के साथ भीख लेते थे—मैं सन्त हूँ। तू गृहस्थ है। मुझे भोजन दे। नहीं देगा तो हरामजादे, तुझे नर्क भेज दूंगा। तेरे बाप—दादे अगर स्वर्ग में होंगे, तो उन्हें भी नर्क में ट्रांसफर करा दूंगा। ला साले थाली। यह ठाठ था। मगर छापेखाने के जमाने में, प्रकाशन व्यवसाय के जमाने में कोई भूखा नहीं मरता। फिर लेखक नौकरी करते हैं। वे क्यों मरेंगे। निराला की बात अलग है। उनका जीनियस दूसरे किस्म का था। निराला ने अपने त्याग, फकीरी, लापरवाही और विक्षिप्तता से दीनता को "ग्लोरीफाई" किया, इसी कारण हर लेखक के बारे में यह कहा जाता है—हाय, हाय, बेचारा भूखा रहता था। मैं पूछता हूँ, जब वह भूखा मरता था तब भरे पेट वाले हरामखोर, दो नंबरी क्या कर रहे थे ?

एक परम्परागत मर्यादा है—लेखक के व्यक्तिगत जीवन की कुछ बातें उसकी मृत्यु के बाद उसकी जीवनी में लिखी जाती हैं, उसके जीवन काल में नहीं। कमजोरियाँ सबमें होती हैं। पर उन कमजोरियों की चर्चा कब करना और कैसे करना, यह विवेक की माँग करता है। तालसताय यों धार्मिक थे, संत थे, मगर दुराचारी भी थे स्त्री के मामले में। बायरन की चरित्रहीनता तो सब जानते थे। वाल्तेयर नंबर एक के लुच्चे थे। रूसो परस्त्रीगामी थे। आस्कर वाइल्ड समलिंगी थे। ई. एम. फार्सटर लौंडेबाज थे। यही नहीं, वे एक पुलिस हवलदार की पुरुष रखैल भी थे। चेखव की एक प्रेमिका थी लाइका नाम की। बर्नार्ड शॉ कायर थे। फेबियन सौसाइटी में वे मजदूरों के संघर्ष पर जोशीले भाषण देते थे। एनी बेसेंट भी फेबियन थी और शॉ से प्रेम करती थी। एक बार मजदूरों के जुलूस में दोनों शामिल थे। पुलिस ने लाठी बरसाई। ऐनी बेसेंट के हाथ में चोट लगी। उसने देखा कि बर्नार्ड शॉ भाग गये। शाम को उसने बर्नार्ड शॉ से कहा—तुम भाग गये। तुम कायर हो। शॉ ने जवाब दिया—इट इज बैटर टू बी ए कावर्ड दैन ए फूल।

लेखकों में भी आम आदमी की तरह कमजोरियाँ होती हैं। वह भी आम आदमियों की तरह तकलीफें उठाता है। वह भी आदमी की तरह संघर्ष करता है। मगर रचनात्मक प्रतिभा का आंतरिक संघर्ष कुछ ऐसा होता है कि उसे समझना कठिन होता है। लेखक थोड़ा-बहुत 'एबनार्मल" भी हो जाता है इस कारण कि उसके जीवन-मूल्य चालू जीवन-मूल्यों से मेल नहीं खाते। लोग लेखक की इन्हीं कमजोरियों, अर्द्ध विक्षिप्तता, अहंकार, विपन्नता, विचित्रता, चारित्रिक फिसलन की चर्चा करते हैं और अपनी हीनता पर विजय पाकर मनोबल बढ़ाने का भ्रम पालते हैं। लेखक जैसा है, वैसा है। आप घूसखोर अफसर, मुनाफाखोर, व्यापारी, पैसे खाने वाले मंत्री, धोखेबाज नेता, ढोंगी साधु, स्वार्थी नेता, अत्याचारी थानेदार, ब्लैकमेलर, पत्रकार आदि को गौरव प्रदान करके बर्दाश्त करेंगे। मगर लेखक की विशिष्टताओं की चर्चा करेंगे। उसे बर्दाश्त नहीं करेंगे।

जोश मलीहाबादी ने कहा है—

"हम शायरों की वज्दे जुनूँ के
उठाय नाज़।
अहले वतन में इतनी शराफत
कहाँ है "जोश" ॥

●●●